新潮文庫

幸　福　論

ヘ　ッ　セ
高橋健二訳

新潮社版

2382

目次

幸福論

盗まれたトランク

また私は晩秋、バーデンのよくきく温泉を訪れて、慎重に湯治を終えた。毎朝、湯にはいったが、もはや昔のように熱いのに長いあいだはいりはせず、老人にふさわしいように、十分に加減して、処方に従ってはいるのである。自分に決められたコップの水を飲み、夜ばかりでなく、昼間もずいぶん長い時間、ベッドですごした。寝たまま、もうひどく使い古されたクロースの紙挟《かみばさ》みの上で幾本も手紙を書いた。それから時々は、またたいてい夜ふけていくつか詩を書いた。ある時、詩を書きつけた紙から目をあげて、夜のへやの中にまなざしを移すと、かつて、六年前の秋の夜のことであったが、同じへやの同じベッドで「夜の思い」という詩を書いたこと、それからまた幾年か以前に「沈思」という詩を書いたことを思い出した。たぶんもっとほかの詩も書いたことだろう。もういくどもこのへやに泊ったことがあるのだから。そんなわけで私はまたこのベッドに横になり、同じ壁紙を見た。もういくども見なれた小さいあかりがまくらもとの小卓にのっていた。何もかも「沈思」や「夜の思い」のあのころに似ていた。あるいは、似ていると見えた。よく考えてみると、やはり何もかも変っていた。ひどく変っていた。ベッドに寝て書いているのは、もはやあのころの人ではなく、まったく別な人間だった。今日の詩句もあのころのとはまったく別なひびきを発した。老いと用心深さと小心さを増し、いわば老衰に震えるひびきを発していた。それから、古風なアルプス風景画のかかっているきれいな食堂のことは、二十年前に『湯治客』に書いたと思うが、その食卓では、ここでもう三度め四度めに会う幾人ものなじみの湯治客の方を、私は同様に別人として見た。彼らも私自身のように年をとって、いくらかがたがたになっていた。歯をなくしてしまったらしいのも、ぼつぼついた。みんなは互いにいんぎんにうなずき合い、老人のひとりが立ちあがって歩きだしたりする時、特にからだのきかないことを示すと、気をくばって目をそむけるのだった。要するに、この食堂でも、下のふろ場や上のベッドの中でと同様、外見は万事大体昔のとおりだったが、やはりまったく違っていた。万事につけて、年月の歯にいためられていた。戦争の年月は二倍もそれがひどかった。

さてそれもまた過ぎた。私にとっては湯治が、妻にとっては待ちこがれていた休暇が過ぎた。温泉の中や快いベッドの中でうつらうつらすることも終った。しばらくは詩を書くことも終った。また日常の生活が始まった。それは私たちにとってさしずめ喜びよりも苦労がずっと多かった。クリスマスも迫っていた。贈物を用意し包装し、手紙を書かなければならなかった。そんないろんなことを私はさしずめ喜んですることができたわけではなく、余儀なく骨を折ってやっとすることができたのである。帰宅はこんどは、めんどうと苦労の中に帰ってくることを意味していた。もうしばらく帰らずにすませたいところだった。

出発の日に妻が私の大きなトランクを荷造りしにやって来た。タイプライターや服や下着などのほかに、手紙を入れた厚い包みやたくさんの書物など、新しく加わってきたものが実にたくさんあった。だが、始末がついた。私のけなげな古い船客用トランクには、あらいざらい入れる席があった。こんどは、あとになって、小さい包みや紙箱と不愉快な小ぜり合いをする必要はなかった。トランクは、かぎをかけて、送り先をつけて、すぐに急行便で発送するように、ホテルのボーイに渡した。翌日私たちは帰路についた。

ルガーノまでは万事順調に行ったが、そこからは、家に帰る段になって生じたいろいろな内的な障害や困難が、外的なそれにも変化してくるように思われた。いくらか雪が積っていた。駅には、道と土地を心得ている「私たちの」運転手が待ち受けていないで、私たちの村こそ知っているが、私たちの家とそこへの道を知らない、未知の運転手がいた。はたして、村と家との間で、車は雪の中に立ち往生して、動かなくなった。運転手は自分の車のことにかまけて、ほかのことはいっさいかまわなかったので、私たちは手荷物を一つ一つ、歩きにくい雪の夜の中を運ばなければならなかった。遅くなってやっと運転手が現われ、勘定をさし出した。彼は村で数人の男と一組の雄牛をかり出して、その助けでようやく自動車を国道まで引きもどしたのだった。互いに、恨みこそいだかないが、気まずく別れた。こんどの帰宅には不吉な星がつきまとっているように思われた。

うちで身辺をととのえる前に、大きなトランクがバーデンから到着するものと期待されていた。いなかのへんぴな家に住んでいると、時々つまらないきっかけで意外なめんどうが生じる。たびたび経験したことだが、そういうきっかけの一つになるものに、荷物や他の送品の、駅と家との間の運搬ということがある。すでにその点で奇妙きわまることが起きたことがあった。こんども、近所にいるただひとりの運搬人がすぐには行けなかった。一日、二日、我慢しなければならなかった。その我慢はした。ところが、彼が駅に行った時、駅員は、私の待ちかねている急行便の荷物をさがしたが、見つからなかった。駅員のひとりは、二時間まえそのトランクがそこにあるのを見た、とはっきり言った。その間に見えなくなってしまったのだ。トランクの代りに、それが消えてなくなったという悲しい知らせを、運搬人は持って帰って来た。そこで電話の問合せが始まった。私たちにはなくてはならぬ持ち物のための心配と戦いが始まった。初め駅員は電線の向うのはじで笑うばかりで、心配しなくてもいい、品物はきっと見つかるだろう、たぶん運送屋がまちがえて持って行ったのだろう、と私たちを慰めた。ただきょうは土曜日だから、月曜の朝まで辛抱してもらわなければならない、と言うのだった。

どうしたらよかったろう？ ともかく日曜日に親しい弁護士に電話をかけた。彼は何よりもまず、トランクにはいっていた持ち物をできるだけ精確に記載し、今日の価格を明示した表をすぐに作るように勧めた。必要に応じて明日でもさっそく請求権を申告し、私たちの目録によって警察の仕事を容易にすることができるように、というためであった。

月曜の朝になった。駅員はまた電話をかけてきた。こんどは笑いもせず、私たちを安心させようとは努めず、お気の毒だが、トランクは運送屋にも見つからない、盗まれたにちがいない、自分のほうでもう警察に知らせたと、しょんぼり告げた。

これで確実になった。損害をはっきりさせる段取りとなった。私は、国境のかなたにいる友人や親類のことを思い出した。彼らの大多数は雨露をしのぐ所も家具も持たず、失うべき大きなトランクも持たなかった。彼らの多くは、いろいろな損害を、私の損害よりはてしもなく大きな損害を、実にりっぱに平然と忍んでいるように見えた。私は少し恥ずかしくなって、どんな場合にも自分の不幸を極力紳士らしく忍ぼうと決心した。しかし、それはそれとして、損害をこうむるごとに、生活が貧困にされ、希薄にされるごとに、「幾百万の人が餓え、幾十万の人が住みかと家庭を破壊され、支離滅裂にされ、悲惨に陥っている今日、個人的な損害や断念は真剣に考えられてはならない」などと言って慰めようとする多数の人々の態度を、私は共にすることはできない。反対に、私の考えによれば、私たちの「個人」生活の貧困化をあくまで軽視しないように、あたりまえのことと感じないようにしなければならない。ある人が私のところにやって来て、職を失ったとか、子どもをなくしたとか言って、訴えた場合、「あなたの小さな個人的な苦しみをそんなに真剣に考えないでください！」などと言うことを、私は実際恥じるだろう。私も、少年でなくなってから、ヒロイズムと呼ばれる例の精神的態度に対しいつも疑惑をもってのぞむようになった。少年のころは、ムキウス・スカエヴォラ（訳注　古代ローマの伝説的人物。敵の王を刺そうとして捕えられた時、右手を焼いて勇気を示したため、スカエヴォラすなわち左手の人と呼ばれた）や、拷問《ごうもん》のくいに縛られたインディアンは、私にとっても理想であった。今日でもなお私は彼らに尊敬をいだいている。しかし、どんな生活でもそれぞれ独特の星の下に置かれている。私の星は、英雄的な愛国的な軍人的な性質のものではなかった。そういう星をあがめ、そのために戦うことは、私に与えられた課題ではなかった。逆に、機械化や戦争や国家や集団の理想などによって脅《おび》やかされた「私的な」個人的な生活こそ、私の擁護すべきものであった。また、非英雄的であること、英雄的でなく、単に人間的であるためには、往々より多くの勇気を必要とすることも、私は悟っていた。友人が死んだり、私にひどい損害が加えられたりすると、結局はそれに順応し、人生を正しいと認めはするが、まずその損害と悩みを現実に体験し、自分の中に取り入れ、そのやむを得ないことを認めることが、私にふさわしいことであった。私も共に体験した二つの大きな英雄的な時期はたしかに、人間は、ほとんどどんな強奪、簡素化、貧困化にも慣れっこになるものだということ、快適さやきれいな家がなくても、蔵書や絵がなくても、清潔さや完全な衣服がなくても暮して行け、その貧困化から誇りと英雄的な態度をさえ培《つちか》うことができる、ということを示した。しかし、あからさまに言えば、それで家や書物や絵や清潔さを否定し、なにがしかの秩序と美しさを求める人間の欲求を否定する、何かが証明されただろうか。否《いな》、英雄的な時代は殺人的悪魔的であったばかりでなく、極度に醜悪で、健康に悪かったこと、また、「飽満した」時代や「市民的」時代が知っていた飽食暖衣やぜいたくや浪費などはすべて、戦争や英雄主義のただ一日ないし一か月が諸国民からパンと金とわずかの快適さを奪って浪費した、そのぜいたくに比較すれば、こっけいなほどささいなものだったことが示された。英雄的なものに転向し、簡素化や「危険な生活」や貧困化をたたえる理由は、私にとっては存在しなかった。自分のなつかしい古トランクやいろいろな持ち物から別れることを甘受する前に、私はせめて悲しく頭を振り、なくしたものに哀傷のまなざしを投げ返そうと思った。

そうする機会は遺憾なく与えられた。役所に提出すべく、私の持ち物のできるだけ精確な表を作成する必要があったからである。この仕事は、記憶の練習として悪くなく、とにかくいくらか楽しい義務であった。しかし、以下でわかるように、それは一枚一枚すすむにつれ、不愉快な、いや、たまらない義務になった。

まず私は妻に助けてもらって、私の所有品の表を作らねばならなかった。そうしていると、別れる時はいつもそうであるが、たくさんの回顧と思い出がわいてきた。なくしたものの数々はいったい何だったろう？　まずトランクそのもの。これは古い友だちで、旅の道連れだった。昔、第一次大戦前のおとぎ話めいた時代に、インド行きの切符を注文したチューリヒの旅行案内所で買ったものだ。このトランクは私のお伴をして船でピナンまで行き、それから陸路シンガポールまで行き、さらにずっと小さい船でスマトラに渡り、かなり遠く川をさかのぼってジャングルにはいった。マライ人やシナ人のクーリーがあれを重そうに運んだ。異様な名や外国のことばや字母のホテルのラベルが、あれの経験したただ一度の異国旅行の終りには、あれをすっかりおおってしまった。しかし、長い年月のたつうちにラベルははがれたり、こすり落されたりして、あとかたもなくなってしまった。

トランクにはいっていたものでいちばん高価なのは、たぶんタイプライターだった。軽いアメリカ製の旅行用タイプだった。東方巡礼者たちなら黒い王の名で知っている友人から昔贈られたもので、『ニュルンベルクの旅』と『荒野のおおかみ』の初めの部分を清書するのに役立った。それから妻に進呈され、その所有に移った。いずれにしてもそれに代るものを調達しなければならなかった。

さてその次には服と下着類が来た。二着の上等な服のうち一着は、イギリス製のラシャで、あつらえ仕立てだったから、宮中に参内することもできる、しろものだった。それから、シャツ、寝まき、レインコート、くつ、くつ下。おそらくこういうものこそ、長いあいだにはいちばん不足がこたえるものだろうが、目前その悲しみは緩和されていた。シャツや服などより、さしずめ私に苦痛を与えたのは、古いしっかりした紙切りばさみだった。これは、毎日使っていたもので、かれこれ四十年この方幾千度となく手にとっただろう。それに劣らず苦痛だったのは、大きな柔かい旅行用毛布だった。以前私の本を出していたベルリンの出版者の夫人の贈物で、夫人が手ずから編んでくれたものだった。かつて幸福な時代に夫人はエンガディーンで私にこの貴重な毛布を贈ってくれた。それからまた「大きな時代」が激発した。親愛な老S・フィッシャー氏はまだしもよい時期に死ぬことができたが、老夫人はまずベルリンでつぎつぎと苦痛と屈辱を忍ばねばならなかった。それからスウェーデンに移り住んだが、そこでも安らかさは得られず、モスクワ、日本を経て飛行機でアメリカに逃げた。夫人がまだ生きているかどうか、私は知らない。その毛布を私は自分で「寄せ木細工のゆか」、あるいは「クリームのテント」と呼んでいた。薄いとびいろと濃いとびいろの正方形の集まりでできていたからである。あれは、私が山で冬をすごしたころ、そしてその後も暖房の不十分な冷たい晩や昼間、よく私のために親切をつくしてくれた。あれをとりもどすことができたら、私は実際の価格以上のものを奮発するだろう。

それにしても、私の持ち物の「実際の価格」については、その価格を決める際、びっくり仰天を繰返した。あるいは商店の目録により、あるいは電話で説明を求めることによって、私たちは今日の値段を教えられた。途方もない数字を見たら、私は、トランク盗難に会う前は、ほんとの金持だったと考えることができた。数着のシャツだけでほとんど四百フランの値打ちがあり、くつ下は百フランよりずっと上だった。上等な古トランク自体、昔の質のものが重ねて得られるとしたら、少なくとも二百フランするだろう。私の持ち物のどれでも、今日では、金めにすると、入手した昔より幾倍も高い値打ちがあった。その値段を見ると、第一次大戦の終りの大インフレの始まりを思い出さずにはいられなかった。値段が五年前、十年前と同じであるような物は、ほとんどなかった。あるいはまったくなかった。何もかも高価で貴重だった。細民にとっては財布の力が及ばなくなった。しかし、幸いに、この不健全な騰貴《とうき》を共にしていない有価物もあった。それどころか、数倍も安くなったようなものもあった。たとえば、十年前にある詩人がある編集部に詩を一編送ったとすると、詩人はその謝礼として今日得るところのもののまさに三倍を得た。みじめな思いをしている最中に、私はこの発見を喜んだ。というのは、精神生活も経済生活と同様に物質的なものに依存していると考える歴史的唯物《ゆいぶつ》主義に対して、私の心の中で何かがいつも反抗していたからである。詩に対する報酬は数年間に三分の一にさがった。——しかし、編集部は詩に不足しただろうか。いやいや、あり余っていた。編集部が時々詩を印刷してくれたとしたら、まさしく恩恵であった。しかし詩の質はどうだったか。おそらく質が低下して、価値下落の原因になっていなかったか。それは確認はされなかった。

とうとう私たちの表ができあがった。こまごましたものの中には、表にのせることをためらうようなものも少なくなかった。たとえば、ごく簡単なチェスなどのように。しかし、そういうささいなものでも、今では救う試みをしなければならないほどの金額に値した。私たちの骨折りがいくらかでも役立つかどうかは、もちろん非常にあやふやだった。スイス国有鉄道が、紛失したものに対する私の代償要求を完全に認めると仮定して——だが、私の表が真実にかなっていて、私の要求が正当かどうかということを、だれが決定するだろうか。私が詐欺師《さぎし》だったら、高価な時計、二対の金のカフスボタン等々を、空想で私の表につけ加えることだってできた。紙は辛抱強いから、うそでも書ける。訴訟にでもなった場合、どういうふうにして、どんな法廷で決定されるだろう？　その場合、弁護士がいくらか役に立つだろうか。だが、弁護士の費用はどのくらいかかるだろう？　ああ、私はまったくばかないやなことにはまりこんだものだ。どっちみち私は訴訟になんかしないだろう。訴訟なんてことはついぞせずに、私は老人になった。

非常に不快な一日が過ぎた。私たちのクリスマスはどうなることだろう？　やりきれない表はまだすっかりできたわけではなかった。タイプライターのような重要な数点については、まだ値段を決めることができなかった。不愉快な気持で床についた。

翌朝ノックの音がした。私はまだ床に寝ていた。妻が、常になく朗らかな顔ではいって来て、たずねた。「何が見つかったと思う?」トランクだった。ルガーノの駅が、なくなったトランクはあやまってバーデンへ送り返された、と知らせてくれたのだった。だれがなぜやったことか、それは聞き出せなかった。どうやらトランク自身、私たちと同様、帰ることに不信の念をいだいて、見張りのいない瞬間をうかがって、また汽車に乗りこんで、バーデンへもどってしまったのだ。明日か明後日トランクはかえって来て、私たちのところへとどけられるはずだった。

私たちは立ちあがって、互いに顔を見合った。この数日を私たちは、いやなこと、無益なこと、腹立たしさ、惜しいことをした思い、心労、電話、書きこみ、たいした表の作成などでつぶしてしまった。恥ずかしい思いをし、喜び、笑い、心を動かされた。しかし、心の進まぬ帰宅以来はじめて、家にいるのはほんとにいいことだと、また感じた。そして、ことし初めて、クリスマスがいよいよ迫っているな、とほんとに思って、クリスマスを楽しみにした。

中断された授業時間

晩年になってから私は、老人たちがみんなするように、子ども時代の思い出に立ちかえらずにはいられないばかりでなく、いわば罰として、物語るという疑問の技術を、もう一度立場を変えてやってみ、罪のつぐないをせずにはいられないような観がある。物語るということは、聞き手を前提とし、語り手から勇気を要求する。語り手にその勇気が出るのは、語り手と聞き手が共通の場所や社会や風俗や言語や考え方に囲まれている場合に限るのである。私が青年時代に尊敬した（今日でも敬愛している）手本は、ゼルトヴィラの物語の作者を筆頭に、当時長いあいだ、自分にもそういうつながりと共通性が生れついており、伝えられているという、また、自分の読者と共通のふるさとに住んでいるのだという、また、自分は読者のために、自分も読者も問題なく完全に熟知しているような楽器と記譜法で演奏しているのだという、純真な信念を支持してくれた。そこではたしかに、明暗、喜悲、善悪、行為と受苦、敬神と背神とが、学校の本や子どもの本の道徳的な物語の中でのように、絶対的にどぎつく互いに分離し対照的になってはいなかったし、微妙な色調や、心理があり、とりわけユーモアもあった。しかし、読者が理解してくれるという点でも、自分の物語を語ることができるという点でも、原則的な疑いは存在しなかった。そして物語はたいてい、前置きと緊張と解決とをもって、筋のしっかりした組立てをもって、まったくすらすらと運ばれた。そして私をも読者をも満足させた。それは、物語ることがかつてゼルトヴィラの偉大な名匠を満足させ、聞くことがその読者を満足させたのと、大体同じようであった。ようやくきわめて緩慢に、心では抵抗しながらも、年とともに、自分の体験の仕方と物語りの仕方は互いに相応しなかったこと、うまく物語るために自分の体験や経験の多数に無理な力を加えたこと、自分は物語ることを断念するか、うまい語り手になる代りに、まずい語り手になる決心をしなければならないことを悟るにいたった。たとえば、『デミアン』から『東方巡礼』にいたる、その試みは、物語の良い美しい伝統からいよいよ私を逸脱させた。今日私が何らかのきわめて小さい、十分孤立した体験を記録しようと試みる場合、技巧はいっさい私の手の下から流れ去り、体験されたものが、ほとんど幽霊のような形で、多声に、多義に、複雑に、不透明になる。私はそれに順応するほかはない。過去数十年の間に、単に小説技巧などというよりもっと大きなもっと古い価値や貴重なものが、怪しくなり、疑わしくなった。

カルプのラテン語学校のあまり楽しくなかった私たちの教室で、私たち生徒はある午前、席について作文をしていた。かなり長い休暇のあとの最初の数日間のことで、青い成績表を渡された直後だった。成績表には父親の署名をしてもらわねばならなかった。私たちは教室に縛りつけられた退屈さにまだよく慣れっこになっていなかったので、それをいっそう強く感じた。まだまだ四十歳にはならない人だったが、十一、二歳の私たちにはとても年寄りに見えた先生も、ふきげんだ、というよりしょんぼりしていた。私たちは先生がいちだんと高い教壇に腰かけているのを見た。黄いろい顔に苦しげな表情を浮べて、ノートの上にかがんでいた。若い妻に死なれてから、たったひとりの小さいむす子とふたりきりで暮していた。あお白い男の子で、ひたいが高く、青くうるんだ目をしていた。厳格な先生は崇高な孤独の中に緊張してわびしげに腰かけていた。尊敬されてはいたが、恐れられてもいた。先生は気を悪くしたり、腹を立てたりすると、地獄の狂暴さを持った光線が模範的な古典学者の態度を突き破って現われ、そんなものはうその皮だと暴露した。インキと少年とくつの革のにおいのする教室の中は静かだった。ほこりっぽいもみの板のゆかに落ちた本のぱたんという音、ふたりの生徒の内証話のささやき、やっと笑いを抑えたために発せられた息づかいのくすぐるような、いやおうなしに振り返って見させる声など、ごくまれに騒音が起きると、ほっとするのだった。そういう騒音はいちいち、君臨する先生の耳にとまって、すぐに静止させられた。たいていは、ただちらっと見たり、あごを突き出して顔で警告したり、おどすように指をあげるだけだったが、時にはせきばらいをしたり、簡単にひとこと言ったりすることによって静止させることもあった。学級と教授との間には、その日は、ありがたいことに雷雨の気分こそ支配していなかったが、やはり何かかにか思いがけぬ、おそらく願わしくないことが生じうる雰囲気の軽微な緊張が支配していた。それは完全無欠な調和と平穏さより私にとって好ましくなかったかどうか、私にはよくわからなかった。ひょっとしたら危険だったかもしれなかった。ひょっとしたら何か起ったかもしれなかった。しかし、せんじつめると、われわれ少年は、特にそういう作文をしているあいだは、どんな性質のものであろうと、中断されることや意外なことの起きるのを、何よりも渇望《かつぼう》していた。なぜなら、あまりにも長くきびしく静座と沈黙とを強いられている少年たちの中では、退屈と、抑圧された不安とが大きくなっていたからだ。

先生が、高い席の板のとりでのうしろで職務上の仕事をしながら、私たちにさせていた勉強がどんな種類のものであったか、私はもうおぼえていない。いずれにしても、ギリシャ語ではなかった。ギリシャ語の時間には、私たち四、五人の「古典語研究者」だけが先生と対座するのに、その時はクラス全体がいっしょにいたからである。私たちがギリシャ語を習い始めた最初の年であった。私たち「ギリシャ人」あるいは「古典語研究者」が学級の他の者から分離されたことは、学校生活全体に新しい調子を与えた。一方で、将来牧師や言語学者やその他の大学関係者になる私たち数人のギリシャ人は、その時もう、将来の皮なめし屋、ラシャ織工、商人、ビール醸造人などから差別され、いわば特別扱いされていた。それは名誉と権利と激励とを意味した。私たちは、手仕事や金もうけよりはもっと高尚なものを、めざすように定められた英才だったからである。しかしこの名誉には、当然ながら容易ならぬ危険な面もあった。まだ遠いさきのことだったが、伝説になっているほどむずかしくきびしい試験、とりわけ恐れられていた州の試験が自分たちを待っていることを、私たちは知っていた。その試験には、シュワーベン州全体の古典語学系生徒が競争するためにシュツットガルトに招かれ、そこで数日間試験を受けて、いちだんと狭いほんとの英才がふるい出されるのだった。受験者の多数にとってはその試験の結果に将来の全体がかかっていた。この狭い門を通過しない者たちの大部分は、それで予定の研究を断念するよう裁断されるからであった。私自身、古典語学生の中にはいり、さしあたり英才となる見込みのある、マークされた生徒のひとりになって以来、たぶん兄たちの談話に刺激されて、古典語学生徒で、召されたものではあるがまだ選ばれたものではない生徒にとって、名誉の称号をまた脱ぎすてて、他のたくさんの俗物の間で、落ちぶれて彼らなみになって、俗物としてまた学校の最後の最上級の席をあたためなければならないことになったら、まったく苦痛でつらいに相違ないという考えが、もういくども起ってきた。

そういうわけで、私たち数人のギリシャ人は、その学年の初めから、名声へ向ってこの狭い道を進むようになり、それとともに受持ちの先生に対し新しい、ずっと親密な、同時にまたずっとむずかしい関係にはいるようになった。この先生がギリシャ語の授業をしてくれたからである。その時間には私たち少数の者は、全体として教師の力にせめて量をもって対抗するおおぜいの生徒の学級の中にはいないで、ひとりひとり弱くむき出しになって先生と相対《あい》した。しばらくたつと、先生は私たちのめいめいを他の級友たちみんなよりずっと詳しく知るようになった。しばしば心を高めてくれたが、なおいっそうしばしば恐ろしく不安だったギリシャ語の時間に、先生は学問にかけても監督や配慮にかけても、名誉心や愛にかけても、だがまた気まぐれや邪推や敏感さにかけても、私たちに対し遺憾なくその本領を発揮した。私たちは、召されたもの、彼の将来の同僚、人なみすぐれた天分あるいは名誉心を持っていちだんと高いものをめざす天職を与えられた小さい一群であった。先生の献身と心やりは、学級の他のもの全体より私たちにより多く向けられていたが、先生は私たちから、注意や勤勉や学習欲にかけても数倍のものを期待した。彼自身と彼の任務に対する理解にかけても数倍のものを期待した。私たち古典語学生は、学校教育について定められた極度にこまかい点まで先生によって心ならずも引きずりまわされる月なみな生徒であってはならない。高い義務の精神において私たちの抜群の立場を自覚して、けわしい道を努力し感謝しつつ共に進むものでなければならなかった。彼が望む古典語学生は、燃えるような名誉心と知識欲を絶えず制御する任務を彼に課するような生徒たちであったろう。精神の糧《かて》とあればどんなに小さいものでもむさぼるように期待し、摂取し、すぐに新しい精神力に変えるような生徒たちであったろう。私の数人のギリシャ語仲間のだれかれが、どこまでこの理想に即応するつもりであったか、どこまでその素質があったか、私は今ではおぼえていない。しかし、他の生徒たちも私とたいして変らなかったと思う。彼らも、古典語学生であることから一種の身分上の自負と同様に名誉心を引き出し、自分を人なみより優秀貴重なものと感じ、殊勝な気持の時は、この慢心を一種の義務と責任の観念に発展させた。しかし、なんのかのと言っても、私たちは十一、二歳の生徒で、さしあたり、古典語学生でない級友といくらも違っていなかった。私たち、誇りをもったギリシャ人のひとりだって、授業のない午後とギリシャ語の特別課業とどちらを選ぶかという選択の前に立たされたら、一瞬間もためらわずに、狂喜して、授業のない午後を選ぶことに決めただろう。実際、私たちは疑いもなくそうしただろう。——しかし、別な要素、つまり教授が私たちにあれほど熱烈に、しばしばあれほど焦燥をもって期待し要求したもののなにがしかも、私たちの心の中に存在していた。私について言えば、他の生徒たちより賢くも、自分の年齢よりませてもいなかった。授業のない午後などという楽園よりもっとずっとわずかなもので、私を誘って、たやすくコッホのギリシャ文法や古典語学生の品位感にそっぽを向かせることができただろう。——それでもやはり私は時として、私というもののどこかでは、東方巡礼者であり、カスターリエン人（訳注　『ガラス玉演戯』の学芸のユートピアの住人）であって、プラトンの大学の一員や歴史家になる覚悟を無意識のうちにしていた。ギリシャ語のひびきを聞いたり、教授の手ひどい訂正で掘りくり返された帳面にギリシャの字母を描いたりしていると、私は精神のふるさとに属している魅力をよく感じ、無条件に、邪念を起さず、精神の呼び声と師の導きに従う気になるのだった。それで、私たちの愚かしく思いあがった英才自負心にも、私たちの実際の特殊待遇にも、私たちの孤立にも、非常にしばしば恐れられた学監にゆだねられてびくびくしているということにも、真の光の輝き、真の天職の予感、真の純化の息吹《いぶ》きが宿っていた。

もちろん目前、楽しくない退屈な朝の授業時間中、私はとっくに書いてしまった作文ごしに、教室の抑えられた小さい物音や、飛ぶはとの羽ばたきや、にわとりの鳴き声や、御者のむちの音など、自由な外界のひびきに耳を澄ましていると、このみすぼらしい教室にいつか善い霊が支配していたようには見えなかった。高貴さの気配と精神の輝きだけが教授のいくらか疲れた憂《うれ》いに満ちた顔に漂っていた。私は、同情と良心のやましさのまじった気持で彼をこっそり観察しながら、ひょっとして顔をあげる彼のまなざしに、自分のまなざしがかち合わないように、すばやく避ける用意を絶えずしていた。実際は何か考えていたわけではなく、また、何らかの性質の意図を持っていたわけでもなく、私はただ見ることにふけり、このきれいではないが、気高くなくはない教師の顔を、自分の心のアルバムにはりつける課題にふけっていた。この顔は六十年以上たっても、心のアルバムに保存されている。灰色のいかつい額の上にふりかかる薄い頭髪の束、まつげの乏しいいくらかしおれたまぶた、黄いろみをおびてあおざめた顔、実にはっきり発音し、あきらめたように、あざけるようにほほえむことを心得ている、極度に表情に富んだ口、つるつるにそった精力的なあごなどが。

——この顔かたちは、私の心に刻みこまれている、たくさんの顔の一つである。すきまのない文庫の中にかえりみられずに幾年も幾十年もおさまっているが、その時がふたたび来て、呼びかけられると、いつでもそっくりそのまま生き生きとしていることがわかる。まるで一瞬間、ひとまばたきする前、その原物そのものが私の前に立っていたかのようである。教壇上の人を観察し、情熱的な性質のためにけいれんし悩んでいるが、精神的な仕事と訓練のために制御されている彼の表情を受け入れ、私の心の中で永続的なおもかげになるのを促していると、殺風景な教室がそんなに殺風景でなく、一見空疎《くうそ》で退屈な授業時間がそんなに空疎でも退屈でもなくなった。この先生は数十年この方、地下にいる。あの年度の古典語学生の中で、おそらく私はまだ生きている唯一《ゆいいつ》の者だろう。私が死ねば、そこで初めてこのおもかげも永久に消えてしまうだろう。当時短いあいだだけ友だちだったギリシャ語級の仲間のだれとも、私は友情によって結ばれなかった。ひとりはもうずっと前から生きていないことだけを、もひとりは一九一四年に戦死したことを、私は知っている。三人めの仲間は、私の好きだった男で、私たちみんなの当時の目標を実際に達成し、神学者で牧師になった唯一の男だったが、彼についてはのちに、そのふうがわりで我がままな経歴の断片を知った。どんな勉強より閑暇を好み、人生のささやかな感覚的な享楽《きょうらく》を味わうことをよく心得ていた彼は、学生時代には学生団の仲間から「物質」と呼ばれていたが、ついに結婚せずにしまい、神学者として村の牧師になり、しきりに旅をし、職務を絶えず怠って、とがめられ、若くぴんぴんしているうちに退職させられて、年金請求権で教会当局と長いあいだ訴訟をし、退屈に苦しみ始め（彼は少年のころからもう異常に好奇心が強かった）、それをまぎらすのに、あるいは旅行をし、あるいは毎日数時間傍聴人として法廷に腰かけることを習慣とした。それでも空虚と退屈はますますつのるばかりで、かれこれ六十歳のころネッカー川に身を投げて死んだ。

先生が顔をあげて、学級を見わたしたので、私はびっくりして、悪いところをつかまりでもしたように、先生の頭のてっぺんに注いでいたまなざしを沈めた。「ヴェラー」と先生が呼ぶのが聞えた。うしろのほうで最後のベンチの一つから、オットー・ヴェラーがおとなしく立ちあがった。彼の大きな赤い顔が他の生徒たちの頭の上に仮面のように浮んだ。

教授は彼を教壇のそばへさしまねき、青い小さい帳面を彼の顔の前につきつけ、小声でふたことみこと尋ねた。ヴェラーも同様にささやきながら、目に見えてそわそわと返事をした。どうやら彼は少し白目をむいて、心配しおびえた様子をしているらしかった。そんなことは彼には珍しいことだった。彼はおちついた性質で、ほかの人ならきっと苦痛に感じるいろいろなことでも、彼は平気ですごせるたちだった。それはそうと、今彼が憂慮に満ちた表情をあらわしている顔は、独特なまぎれもない顔だった。まったくまぎれのない、私の最初のギリシャ語の先生の顔と同様に、忘れられない顔だった。当時私の級には、顔も名まえも私の心に跡をとどめなかったような同級生がいくらもいた。私はもうその次の年、別な町の学校へ送られたからである。しかし、オットー・ヴェラーの顔は、今日でも完全にはっきりと目の前に浮べることができる。彼の顔は、少なくともその時は、とりわけ大きいので目立った。横と下に向ってひろがっていた。あご骨の下方の部分がひどくふくれているのが、顔をなみなみならずずっと広くしていたからである。私は、その格好に不安を感じて、ある時、いったい彼の顔はどうしたのか、と彼に尋ねたのをおぼえている。そして「ルイレキなんだよ。ぼくにはルイレキがあるんだ」と彼が答えたのをおぼえている。さて、このルイレキを除けば、ヴェラーの顔はまったく絵のようだった。まるまると力強く赤かった。髪は黒く、目は人なつっこく、ひとみの動きは緩慢だった。それから、口は赤いのに、老婦人の口のようだった。たぶんルイレキのために、あごを少しあげていたので、首全体が見えた。その姿勢のせいで、顔の上半分がうしろにのけぞり、ほとんど無視され、それに反し、拡大された下半分は、肉づきがよかったのに、植物的で非精神的に見えたが、親切で感じがよく、愛嬌《あいきょう》がなくはなかった。なまりが多くて、気立てのよい彼に、私は好感を持っていたが、彼とたびたびいっしょになりはしなかった。私たちは別な範囲で暮していた。学校で私は古典語学生に属しており、教壇の近くに席を持っていた。それに反し、ヴェラーは、ずっとうしろに腰かけている愉快なのらくら者の仲間に属していた。彼らは、先生の問いに答えられることはまれで、くるみや乾燥なしなどをよくずぼんのポケットから出して食べていた。張り合いのない点でも、臆面《おくめん》もなくおしゃべりし、くすくす笑う点でも、しばしば先生に荷やっかいになった。学校の外でもオットー・ヴェラーは、私とは別な世界に属していた。彼は、私の地区からは遠く離れ、町はずれの駅の近くに住んでいた。彼の父は鉄道に勤めていた。私は一度も会ったことがなかった。

オットー・ヴェラーはささやき声で少し問答した後、自分の席へ帰されたが、不満で苦しんでいるらしかった。教授はしかし立ちあがって、例の小さい紺いろの帳面を手に持ち、教室全体をじろじろ見まわした。彼のまなざしは私にくぎづけになった。彼は私の方に歩いて来て、私の筆記帳を取り、調べてから尋ねた。「作文はできたね?」私が、はいと答えると、先生は自分についてくるように、私に目くばせし、戸ぐちへ行った。驚いたことに、先生はその戸を開いて、目くばせで私を外に連れ出し、また戸をしめた。

「一つ用事をたのまれてもらいたい」と先生は言い、青い帳面を私に渡した。「これはヴェラーの成績帳だ。これを持って、彼の両親のところへ行くのだ。そこで、ヴェラーの成績の下の署名はほんとに父親の手であるかどうか、先生がきいてこいと言った、と言うのだ」

私は先生のあとからまた教室にそっともどり、木の帽子かけから帽子をとり、帳面をポケットに入れて、出かけた。

こうして奇跡が起った。退屈この上ない授業の最中に、先生は、私をうるわしい明るい午前の世界に散歩に出すことを思いついたのだ。意外な思いと幸福のあまり、私はぼおっとしていた。これより願わしいことは考えられなかったろう。松の板の段々が踏みへらされて深くくぼんでいる階段を二つ、私はぴょんぴょんとはねおりた。ほかの教室の一つから、書取りをする先生の単調な声のひびくのが聞えた。はねながら門を通りぬけ、平らな砂岩の段をおりて、ありがたい幸福な気持で私は美しい朝の中にぶらぶらと歩いて行った。今しがたまでは飽き飽きするほど長くうつろに思われた朝だったのに。――この外はそうではなかった。外では、教室の中で時間から命を吸いとり、時間を驚くほど長く引きのばす味気なさも目に見えぬ緊張も、まったく感じられなかった。ここには風が吹いており、広場の敷石の上を、せわしい雲の影が飛んでいた。はとの群れが小さい犬たちを驚かして、吠えさせた。馬が百姓の車の前につながれており、まぐさおけを前にして、ほし草を食べていた。職人たちは仕事をしたり、低いところにある仕事場の窓を通して隣の人と話をしたりしていた。金物商の小さい飾り窓には、青い鋼鉄の銃身のどっしりしたピストルが相変らず置いてあった。二マルク半するということで、数週間前から私の目を引いていた。市場のハースおばさんのくだもの店も、イェーニシュさんの小さなおもちゃ店も、きれいで心を引いた。そばで、あいた仕事場の窓から、銅かじ屋の白いひげの赤く光る顔がのぞいていた。その顔は、彼のたたいているかまのぴかぴかな金属と光沢や赤みをきそっていた。いつも元気で、いつも好奇心の強いこの老人はだれかが窓のそばを通りかかれば、たいてい話しかけた。少なくともあいさつをかわした。彼は私にも話しかけた。「ええ、お前たちの学校はもうすんだのかい？」先生の用をたさなきゃならないんだ、と私が話すと、彼はお察しよく私に、「そうかい、それじゃ、あんまり急がないことだ。昼まではまだたっぷり間がある」と勧めた。私は彼の勧めに従って、かなりのあいだ古い橋の上にたたずんでいた。手すりにもたれて、静かに流れる水を見おろし、ずっと深く、底近くにいる数匹の小さい魚を観察した。一見眠って、同じ所にじっと動かずにいたが、実際は人目につかぬように互いに場所を変えていた。魚は口を下に向けて、底を探っていた。時々平らになって、からだがそっくり見えるようになると、背中に濃淡のしま模様を見わけることができた。近くのせきを越して水が、穏やかな、さえた音をひびかせて流れていた。ずっとしもての島の上ではあひるが群れをなして騒いでいた。こんなに離れているのに、あひるが群がってガアガア鳴く声が、なごやかに単調にひびき、せきを越す川の流れとひとしく、あの永遠の魅惑的な音色を持っていた。それに聞きとれていると、夏の夜の雨のざわめきや、降る雪のかすかに積る音の場合のように眠気を誘われ、その中に包まれてしまいかねなかった。私は立ちつくして、ながめては、耳を澄ました。この日初めて私は、短いあいだであったが、また時間というものを忘れるあの恵み深い永遠の中にひたった。

　教会の時計の打つ音が私をさまさせた。私ははっとして、長い時間をすごしてしまったかと心配し、自分の用事を思い出した。そのとき初めて、この用事と、それに関連のあることが、私の注意と関心とをとらえた。それ以上ぐずぐずしていないで、駅の地区に急いで行くうちに、教授とささやきをかわしていた時のヴェラーの情けない顔が、それから、白目をむいてゆっくりと、打ちのめされたように自分の席にもどって行った時の背中と歩きぶりの表情が、また私の心に浮んだ。

　ある人がいつでも同一人ではありえないこと、いくつもの顔、いろいろな表情と態度を持ちうること、それは新しいことではなかった。そんなことはとっくの昔から心得ており、他人についても自分自身についてもよく知っていることだった。しかし、ルイレキの顔を持ち、ずぼんのポケットにいっぱい食べ物を入れているお人よしのヴエラーにも、こういう区別、勇気と不安、喜びと嘆きとの間のこの奇妙な危険な変化があるというのは、新しいことだった。いちばんうしろの二つのベンチに腰かけていて、学校のことなんか全然心配しておらず、学校で恐ろしいものと言えば退屈ぐらいだと思われていた連中のひとり、勉強にはいたって無関心で、書物になんかさっぱり親しんでいないが、その代り、くだものやパンや取引きや金やその他おとなのことになると、私たち他のものをはるかにしのぎ、もうほとんどおとなであった仲間のひとりの場合も、そうだということは、それを思いめぐらしているうちに、私をひどく不安にした。

彼がつい最近実際的なことを手っ取り早く私に言って、私を驚かし、ほとんど面くらわせたのを、私は思い出した。小川のほとりの草地へ行く途中のことで、私たちは仲間の群れに加わって、少しばかりならんで歩いていた。手ぬぐいと水着を丸く小さくくるんだのを小わきにはさんで、彼は例のおちついた態度で私とならんで歩いていた。突然、彼は一秒間立ちどまって、大きな顔を私の方に向けて、こう言った。「ぼくのお父さんは一日に七マルクかせぐぜ」

それまで私は、だれが一日にどのくらいかせぐか、なんてことは知らなかった。七マルクが実際どのくらいのものなのかも、よく知らなかった。どっちみち私にはたいした額だと思われた。彼は満足と誇りの調子でその金額を言いもした。しかし何かの数量を言うとき高飛車に出ることは、私たち生徒間の話の調子では遊戯の一種だったので、たぶん彼はほんとのことを言ったのだろうが、私は感服もしなかった。まりでも打ち返すように、私は彼に返事を投げつけ、私の父は一日に十二マルクかせぐ、と告げた。それはうそで、かってにでっちあげたことだったが、良心のやましさを感じさせはしなかった。まったく修辞的な練習にすぎなかったからである。ヴェラーは一瞬考えていたが、「十二マルクだって？　そいつはまったく悪くないな」と言った時、彼の目つきと口調は、私の答えを本気にとったのか否《いな》か、疑わしく思わせた。しかし彼は強いて私の仮面をはごうとはしなかった。彼はそれをそのままにしておいた。私は、おそらく疑われるようなことを主張したのだが、彼はそれを受け入れ、議論する値打ちのあることと考えなかった。それで彼はまたしても、うわ手の男、経験を積んだ男、実際家であり、ほとんどおとなであった。私は反対もせずそれを認めた。二十歳の男が十一歳の少年と話した観があった。しかし、私たちはふたりとも十一歳ではなかったか。

そうだ、彼がひどくおとなっぽく実際的に言ったことで、もひとつ別なことを私は思いついた。それはもっとずっと私を驚かせ、当惑させた。私の祖父の家からあまり離れていないところに仕事場を持っていた錠前屋の親方に関係していることだった。近所の人たちが話すのを聞いてぞっとしたのだが、この男はある日みずから命を断った。そんなことは数年来この町ではなかったことで、少なくとも私たちのそんなに近くで、私の少年時代の生活の親しみなじんだ周辺のまっただ中では、これまでまったく考えられないことだった。彼は首をくくったということだった。が、それについても異論があった。みんなはこんな珍しい大事件をすぐに記録し、他の書類といっしょにしまってしまうことを欲せず、まずそれで恐怖と身ぶるいを味わうことを欲した。そんなわけで、気の毒な死者は、死後第一日にもう近所の女たちや、女中たちや、郵便配達夫たちによって一つの伝説圏にとり囲まれてしまった。そのうち末端のいくらかが私の耳にもとどいた。ところが、翌日往来で、人声のしない閉じられた仕事場のある錠前屋の家を、私がびくびくしながら見わたしていると、ヴェラーが行きあわして、錠前屋がどういうふうにやったか知りたいか、と尋ねた。そして彼は親切に、絶対的な知識で納得させるような格好で説明した。「つまりだよ、彼は錠前屋だったから、ひもを使うのがいやで、針金で首をくくったんだ。針金とくぎとハンマーとやっとこを持って、タイヒェル道へ出て行き、森の水車場のそばまで行ったんだ。そこで二本の木の間に針金をよくしっかりとめて、余った両端をやっとこで、念入りにはさみとりさえした。それから針金で首をくくった。首をくくる時は、いいかい、たいてい首でぶらさがるんで、舌がとび出すんだ。その格好ときたら、ぞっとする。彼はそんなになりたくないと思った。それで、どうしたと思う？　首じゃなくて、ずっと前のほうのあごでぶらさがったんだ。だから、あとで舌がぶらさがらなかった。その代り、顔が青くなった」

さて、世間のことをそんなによく心得ていて、学校のことなんかさっぱり気にしなかったこのヴェラーが、明らかにひどく心配していた。最近の成績表の下の父の署名が本物でないという疑いがあったのだ。ヴェラーはひどく困ったように見え、教室を通って席に帰る時、打ちのめされたような表情をしたので、その疑いは正しいと考えることができた。そうだとすると、それは単に疑いではなく、つまりオットー・ヴェラーは自分で父の署名をまねしようと試みたという容疑、あるいは告発になるのだった。しばし喜びと自由に陶酔した後ふたたびわれにかえり、考えることができるようになった今はじめて、私は友だちの苦しげな白目がわかるようになり、これはたいへんないまわしいできごとだと、ほのかに感づき始めた。私はむしろ、授業時間中に選び出され散歩に送り出された幸運児でなかったらよかった、と願い始めた。風が吹き、雲の影が走る朗らかな午前と、私の散歩している朗らかな美しい世界とが変化して、私の喜びは影をひそめてしまい、その代りに、ヴェラーと彼の事件とで頭がいっぱいになった。不愉快な、悲しくなる考えばかりだった。私はまだ世間知らずで、ヴェラーの実際的な経験に比べれば、ほんの子どもだったが、それでもやはり、年ごろの青年のために書かれたまじめな道徳的な物語を読んで、署名の偽造は、まったく悪いこと、刑事上のこと、罪人を牢屋《ろうや》から絞首台《こうしゅだい》へ導く途上の一段階であることを知っていた。しかし、私たちの級友オットーは、私の好きな人間だった。極悪者、絞首台にかけられるべき者と思うことはできないような、おとなしい、いい男だった。署名が本物で、容疑が誤りだということが明らかになったら、私はいろんな物を惜しげもなく投げ出しただろう。だが、心配そうにおびえた彼の顔を私は見なかっただろうか。彼は不安を持っていること、したがってやましい良心をいだいていることを、まったくはっきり気づかせはしなかったか。

またすっかり歩みをゆるめながら、私はもう、鉄道の人たちだけの住んでいる建物に近づいた。その時、ひょっとしたらオットーのためを計ってやることはできないだろうか、という考えが起った。あの家に全然はいらずに、教室に帰って、署名はまちがっていない、と教授に報告したらどうだろう、と私は考えた。そう思いつくと、たちまち私は重い胸苦しさを感じた。つまり、私自身この悪いできごとに巻きこまれてしまうのだった。この思いつきに従ったとすると、私はもう偶然えらばれた使いでも、わき役でもなくなって、協力者、共犯者になるだろう。私はいよいよゆっくり歩き、とうとうその家を通り過ぎ、ゆっくり歩きつづけた。時をかせいで、なおよく考えてみる必要があった。人助けの気高いうそを言う決心をもう半ばつけてしまって、ほんとに口に出し、その結果に巻きこまれてみると、それは自分の力に余ることだ、と悟った。賢明さからではなく、結果に対する恐れから、私は救い手の役割を断念した。第二の、それほど罪のない逃げ道がさらに心に浮んだ。つまり、引き返して、ヴェラーのうちにはだれもいなかった、と報告することもできたのだ。だが、そういううそをつく勇気も、私には十分なかった。教授は私の言うことを信じるだろうが、それでは私はなぜこんなに長いあいだ帰ってこなかったのか、と尋ねるだろう。悲しくなって、心にやましく感じながら、その家にはいり、ヴェラーさん、と呼んだ。

するとと、女の人が、二階にあがりなさい、ヴェラーさんは二階に住んでいるけど、勤めに出ているから、奥さんにしか会えないよ、と教えてくれた。私は階段をあがって行った。殺風景な、むしろ感じの悪い家で、台所と、強いアルカリ水あるいはシャボンのにおいがした。二階で私は、言われたとおり、ヴェラー夫人に会えた。彼女は台所から出て来たが、急いでいて、何の用か、と手短かにきいた。受持ちの先生の使いで来たので、オットーの成績のことだ、と告げると、彼女は両手を前かけでふいて、私をへやに通し、いすをすすめて、バタパンかりんごでも出しましょうかと、ききさえした。私はもう成績表をポケットから出して、彼女の前にさし出し、この署名はほんとにオットーのお父さんのものかどうか、教授がお尋ねです、と言った。彼女はすぐにはのみこめなかった。私は繰返さなければならなかった。彼女は緊張して聞いていたが、開かれた帳面を目の前に持って行った。私は暇をかけて彼女をしげしげと見ることができた。彼女は非常に長いあいだじっと腰かけたまま、帳面をのぞきこんで、一言《ひとこと》も言わなかったからだ。そうやって観察していると、むす子が彼女にたいそう似ていることを知った。ルイレキがないだけだった。彼女は生き生きと赤い顔をしていたが、そうやって腰かけたまま何も言わず、帳面を両手で持っているうちに、その顔がごく緩慢にたるみ、疲れ、しおれ、年とって行くのがわかった。数分たった。ついに彼女は帳面をひざに落し、また私の顔を見た。あるいは見ようとした。とたんに、大きく開いた二つの目から、静かにとめどなく大きな涙が流れ落ちた。彼女が帳面を両手に持ちつづけ、それをよく調べるような様子をしているあいだに、さっき私の心にもわいたあの心像が、彼女の前にも現われ、悲しい恐ろしい列をなして彼女の心の目の前を通り過ぎたことが、推察されるように思われた。それは、悪へ、法廷へ、牢屋へ、絞首台へと通じる罪人の道の心像だった。

子どもの目にはおばあさんであった彼女と向い合って、私は深く胸をしめつけられる思いで腰かけていた。彼女の赤いほおの上を涙が流れるのを見、何か言うのを、待っていた。長い沈黙は実に耐えがたかった。しかし彼女は何も言わなかった。彼女は腰かけたまま泣いていた。私がもう耐えられなくなって、とうとうこちらから沈黙を破り、かさねて、ヴェラーさんは自分で名まえを成績表に書きこんだかどうか、と尋ねると、彼女はなおいっそう憂《うれ》わしげな悲しい顔をして、いくども頭を振った。私は立ちあがった。彼女も起きあがった。私が手をさしのべると、彼女はそれをとって、力強いあたたかい両手の中にしばしはさんでいた。それから彼女は不吉な青い帳面をとって、数滴の涙をぬぐい去り、戸だなの方に行って、新聞紙を一枚引っぱり出し、二つに裂いて半分を戸だなにしまい、あとの半分で小ぎれいに帳面のカヴァーを作った。私はもう帳面を上着のポケットに入れることをせず、ていねいに手で持って行った。

私はもどった。途中で、せきも魚も、飾り窓も銅かじも見なかった。そして報告をしたが、実際は、長いあいだ外にいたことを責められなかったのに、失望した。責められるのは、当然のことであり、それで自分もいささか共に罰せられたような一種の慰めを私にとって意味しただろうから。――そのあと私は、このできごとを忘れるように極力つとめた。

私の同級生が罰せられたかどうか、どんなふうに罰せられたか、私はついに聞かなかった。私たちふたりはこの件について一度も一言も話し合わなかった。私は往来で遠くから彼のおかあさんを認めるようなことがあると、どんなまわり道もいとわず、彼女に会うことを避けるようにした。

幸福論

神が考えたような人間、諸国民の文学や知恵が幾千年にわたって理解してきたような人間は、事物が役に立たない場合でも、美を解する器官をもってそれを楽しむ能力を付与されて作られている。美に対する人間の喜びには、いつも精神と感覚が等しい度合いで関与している。人間が生活の苦難や危険のただ中にあってもそういうものを楽しむことができるかぎり、つまり、自然や絵画の中の色彩の戯《たわむ》れや、あらしや海の声の中の呼びかけや、人間の作った音楽などを楽しむことができるかぎり、また、利害や困難などの表面の奥で、世界を全体として見たり感じたりすることができるかぎり、つまり、たわむれる若いねこの頭が描く曲線から、奏鳴曲の変奏演奏にいたるまで、犬の感動的なまなざしから、詩人の悲劇にいたるまで、連関があり、無数に豊富なつながり、相応、類似、反映が存在していて、絶えず流れるそのことばから、聞くものに喜びと知恵、冗談と感動の与えられる、そういう全体として世界を見たり感じたりすることができるかぎり、――それができるかぎり、人間は、自分というものにまつわる疑問を繰返し処理して、自分の存在に繰返し意味を認めることができるだろう。「意味」こそ、多様なものの統一であるから。そうでないとしても、世界の混乱を統一と調和としてほのかに感ずる精神の力であるから。——ほんとの人間、健全な、不具でない人間にとっては、世界と神は絶えず次のようなさまざまの奇跡によって実証される。すなわち、夕方になると冷えてくることや、仕事の時間が終ることなどのほかに、夕方の大気が赤くなり、さらにばらいろからすみれいろに魅惑的になめらかに移って行くという現象があること、夕べの空のように無数に変る人間の顔が微妙な微笑を浮べる場合の変化のようなものがあること、大寺院の内部や窓のようなものがあること、花のうてなの中のおしべの秩序のようなもの、小さい板で作られたヴァイオリンのようなもの、音階のようなもの、ことばのように、実に不可解で微妙で、自然と精神とから生れたもの、理性的で同時に超理性的で子どもらしいものがあること。世界の美しさ、新奇さ、などゝ、またおよそ人間的ないっさいのものがまぬがれないもろさや病気や危険などを遠ざけ防止しはしないにしても、永遠不変と見えるものがあること。——そのことが世界を、その召使であり弟子である私たちにとって、地上の最も神秘的な尊敬に値する現象の一つにするのである。

各民族が、あるいは各文化協同体が、その来歴に相応すると同時にまだ表明されていない目標に役立つようなことばを作った、ということだけではない。また、一民族が他民族のことばを学び、賛嘆し、冷笑するが、ついに完全には理解しえない、ということだけではない。いや、各個人にとっても、まだことばのない原始世界、あるいは究極まで機械化された、そのためふたたびことばのなくなった現実に生きているのでないかぎり、ことばは人格的な財産である。ことばに対する感受性を持っている人、支離滅裂になっていない健全な人間にとっては、例外なく、語やつづり、字母や形、文章構成の可能性などは、特殊なその人固有な価値と意味を持っている。すべて真のことばは、それがわかるようにそれを持って生れついたすべての人によって、まったく個人的に一回的に感じられ体験されうるのである。当人がそれを何ら自覚しない場合にも。——ある楽器、あるいはある声域を特に好んだり、特に疑ったり、うとんじたりした音楽家があったように、たいていの人間は、およそ言語感覚を持っているかぎり、ある種の語や音や母音やあるいは字母の順序に対し独特の好みを持ち、他のを避ける。だれかがある特定の詩人を特別に愛したり、拒否したりする場合、それにはその詩人の言語趣味や聴覚が読者のそれに似かよっていたり、無縁であったりすることも、かかわりを持っているのである。たとえば、私は数十年間愛してき、今も愛しているたくさんの詩句をあげて、その意味のゆえに、知恵のゆえに、経験や善意や偉大さなどの内容のゆえにではなく、ただ特定な韻のゆえに、ありきたりの型からリズムが独特に変っているゆえに、特に愛好されている母音の独特な選定のゆえに愛していることを示すことができるだろう。そういう母音の選定にしろ、詩人は、読者が無意識にやっているのと同様に、無意識にやったのかもしれないのだ。ゲーテあるいはブレンターノの、レッシングあるいはE・T・A・ホフマンの散文の構造とリズムから、作者の特性や心身の素質について、その文章の言い表わしている事がらからよりも、しばしばずっと多くのものを推論することができる。任意のどんな作家にも現われうるような文章もあれば、また唯一《ゆいいつ》のよく知られたことばの音楽家にだけ可能なような文章もある。

私たちにとって、ことばは、画家にとってパレットの上の絵の具が意味するところのものと同じである。ことばは無数にある。そして絶えず新しいことばが発生する。しかし、良いほんとのことばはそれほど多くはない。私は七十年間に、新しいことばが発生したのを体験しなかった。絵の具も、その濃淡と混合は数えきれないとしても、任意にたくさんあるわけではない。語の中には、話す人のすべてにとって、好きな語、なじまない語、ひいきにする語、避ける語がある。千べん使っても使い損ずるおそれのない日常語もあれば、どんなに愛していようとも、慎重に大切にして、荘重なものに似つかわしく、まれに特にえりぬいて初めて口にしたり書いたりする、別な荘重な語もある。

私にとっては幸福（Glück）ということばは、そういうものの一つである。それは、私がいつも愛してきた、好んで聞いてきたことばの一つである。その意味についてはいくらでも議論をし、理屈をこねることができただろうが、いずれにしてもこの語は、美しいもの、良いもの、願わしいものを意味していた。この語のひびきもそれに相応している、と私は思った。

この語は、短いにもかかわらず、驚くほど重い充実したもの、黄金を思わせるようなものを持っている、と私は思った。充実し、重みがたっぷりあるばかりでなく、この語にはまさしく光彩もそなわっていた。雲の中の電光のように、短いつづりの中に光彩が宿っていた。短いつづりは、溶けるようにほほえむようにGlと始まり、üで笑いながら短く休止し、ckできっぱりと簡潔に終った。笑わずにはいられない、泣かずにはいられないことばは、根源的な魅力と感性に満ちたことばであった。これを正しく感じようと思ったら、この黄金のことばのそばに、遅くできた、薄っぺらな、疲れたニッケルあるいは銅のことばを、たとえば、所与とか利用とかいうことばを並べてみれば、すべては明らかだった。疑いもなく、それは辞書や教室から来たことばではなかった。考え出され、転化され、合成されたものではなく、一つで、まとまっており、完全であった。太陽の光や花のまなざしのように、空と大地から来たものだった。そういうことばの存在したことは、なんと良く、幸福で、心なぐさむことだったろう！　そういうことばを持たずに生きたり考えたりすることは、しおれ、すさむことだろう。パンやぶどう酒のない、笑いや音楽のない生活のようなものだろう。

　この面に向って、つまり自然の感覚的な面に向っては、幸福という語に対する私の関係は少しも発展したり変化したりしなかった。この語はいつもと変らず今日でも短く重く、黄金いろに輝いている。私は、少年のころこの語を愛したように、今も愛している。この不思議な象徴は何を意味しているか、この短い重いことばは何を言っているか、それについて私の意見や考えは、さまざまの発展を体験し、ずっと後になって初めて明白な一定の結論に達した。生涯の半ばをはるかに越すまで、人々の口にのぼるとき幸福はたしかに何か積極的な絶対的に価値のあるものを意味しているが、根本においては平凡なものを意味しているのを、私は検討もせずにすなおに受け入れていた。良い生れ、良い教育、良い経歴、良い結婚生活、家と家庭の繁栄、人々から受ける信望、いっぱいはいっている財布、いっぱいはいっている長持、そういういろいろなものが、「幸福」と言う時、考えられた。私も、みんなと同じようにした。賢い人とそうでない人がいたように、幸福な人とそうでない人がいた、と思えた。世界史それでも幸福ということを言った。幸福な民族や幸福な時代を知っていると思った。それにつけても、私たち自身、異常に「幸福な」時代のただ中に暮していた。私たちは、長い平和と、広い居住権と、たいした快適さと安泰との幸福に、あつくない湯につかっているように、ひたっていた。しかし私たちはそれに気づかなかった。この幸福はあまりにわかりきっていた。外見きわめて楽しく快く平和な時代に生きていた私たち若い者は、いくらか自覚を持つと、思いあがった懐疑的な気分になり、死や退廃や精神の浅薄さをおもしろ半分にもてあそんだ。そして、十五世紀のフィレンツェや、ペリクレスのアテネや、その他の昔の時代は幸福な時代だと言った。もっとも、黄金時代に対する熱中はしだいに消えた。私たちは歴史書を読み、ショーペンハウワーを読み、最高級の表現や美辞麗句に対して不信になった。そして精神的に緩和され相対化された風土に生きることを学んだ。——それでもやはり、こだわりなく幸福ということばにぶつかるようなことがあると、それが昔ながらの充実した黄金のひびきを発し、最高の価値あるものを想起回想させることに変りはなかった。単純な小児人は人生のあのわかりきった財貨を幸福と呼んでいるのかもしれない、と私たちは時々考えた。それに反し、私たちはこのことばを聞くと、むしろ魂の知恵や超越や忍耐や確信のようなものを考えた。それらは私たちを喜ばす美しいすべてのものであったが、「幸福」

のような根本的で充実した深い名称に値するものではなかった。

そのうち私の個人的な生活はとっくにずっと進んで、いわゆる幸福な生活でないばかりでなく、いわゆる幸福をめざす努力もそこに割りこむ余地や意味のなくなったことを知るにいたった。激情的な時にはこの態度を私はたぶん、運命を愛する心、と呼んだだろう。しかし、私は所詮《しょせん》、短時間しか続かなかった、熱のたかまりすぎた成長の状態を除いては、あまり激情に傾くことはなかった。非激情的なショーペンハウワーの、欲望のない愛も、私の無条件の理想ではもはやなかった。そうなったのは、シナの達人たちの生活記録や荘子の比喩《ひゆ》を産む地盤となった知恵、静かで、目立たず、控えめで、いつも少し嘲笑《ちょうしょう》的な性質の知恵に親しんでから後である。

もうおしゃべりをするのはよそう。私はかなりはっきりしたことを言うつもりなのだ。まず、枝葉にわたらぬため、幸福ということばの中には、今日の私にとってどんな内容と意味が含まれているか、それを、ことばを変えて、平明に言い表わす試みをしよう。幸福のもとに、私は今日、何かまったく客観的なものを理解する。つまり、全体そのもの、没時間的な存在、世界の永遠の音楽、他の人々が天球の調和あるいは神の微笑と呼んだところのものを理解する。この精髄、この無限な音楽、この満ち満ちてひびき、黄金いろに輝く永遠は、純粋な完全な現在であって、時間をも、歴史をも、以前をも、以後をも知らない。人間や世代や民族や国は起り、栄え、また影と無の中に沈み去って行くけれど、世界の顔は永遠に輝き笑う。人生は永遠に音楽をかなで、永遠に輪舞を踊る。私たち無常なもの、危険にさらされたもの、もろいものにも、なお与えられるかもしれない喜びや慰めや笑いは、そこからの輝きであり、光に満ちた目であり、音楽に満ちた耳である。

いつか伝説的な「幸福な」人間が実際にいたにせよ、ねたましさをもってたたえられた幸運児や、太陽の愛児や、世界支配者も、わずかに時々、はなやかな恵まれた時間、あるいは瞬間には、大きな光に照らされたにせよ、彼らはほかの幸福は体験しえず、ほかの喜びにはあずかりえなかったのだ。完全な現在の中で呼吸すること、天球の合唱の中で共に歌うこと、世界の輪舞の中で共に踊ること、神の永遠な笑いの中で共に笑うこと、それこそ幸福にあずかることである。多くの人はそれをただ一度だけ、あるいは数回だけ体験した。しかしそれを体験した者は、一瞬のあいだ幸福であっただけでなく、没時間的な喜びの光輝やひびきのなにがしかをも得てきたのである。私たちの世界に、愛するものがもたらした愛、芸術家がもたらした慰めや朗らかさのすべて、そしてしばしば幾世紀ののちも最初の日のように明るく輝いているすべてのものは、そこからくるのである。

私の場合、幸福ということばは一生涯のあいだに、こういう包括的な、宇宙大の、神聖な意味に達した。私の読者の中の生徒たちに向っては、私はここで言語学を講義しているのではなく、魂の歴史の一片を語っているのだということを、また、彼らも話したり書いたりする場合に、幸福ということばにこういう大きな意味を与えるようにせよ、と促すなどという気は私にさらさらないことを、はっきり言う必要があるかもしれない。しかし私にとっては、このやさしい短い黄金いろに輝くことばをめぐって、私が幼年のころからそのひびきを聞いて感じたすべてのものが集まっているのである。その感じは、子どものころはたしかにもっと強かった。感覚的な性質やこの語の呼びかけに対するいっさいの感覚の答えは、もっと激しく高かった。しかしこの語自体がそれほど深い根源的で世界を包含しているものでなかったら、永遠の現在とか、「黄金の痕跡《こんせき》」(ゴルトムントの)とか、不滅なものの笑い(荒野のおおかみの)とかいう、私の想念はこの語をめぐって結晶しはしなかっただろう。

年をとった人々が、いつ、どんなにたびたび、どんなに強く幸福を感じたかを思い出そうとすると、何よりも幼年時代にそれを求める。もっともなことだ。なぜなら、幸福を体験するためには、何よりも、時間に支配されないこと、同時に恐怖や希望に支配されないことが必要だからである。そしてたいていの人は年とともにそうする力を失うからである。私も、永遠の現在の輝きに、神の微笑にあずかった瞬間を思い出そうとすると、そのつど幼年時代に立ち返る。そしてそこにこの種類の最も貴重な収穫を最も多く見いだすのである。たしかに、青年時代の喜びの時は、それ以上にまぶしく多彩で、はなやかによそおわれ、色うつくしく照らされていた。それには、幼年時代の喜びの時より以上に精神が関与していた。しかし、もっとよく、いよいよよく見てみると、それはほんとの幸福というより、慰みであり、おもしろさであった。おもしろく機知に富んでいて、才気煥発《かんぱつ》だった。いろいろうまい慰みをした。この上もなくかぐわしい青年時代の仲間にとり囲まれたひと時を、私は思い出す。その時、無邪気な仲間が話の最中に、ホメロスの大笑いとはいったいなんだろうと尋ねた。私は、精確に六脚韻に従って抑揚をつけたリズミカルな大笑いで彼に答えた。みんな大声で笑い、杯を打ち合せた。——しかし、この種類の瞬間は、後日吟味してみると、つまらなかった。そういうのはすべてきれいで、おもしろく、おいしい味がしたが、幸福ではなかった。こういう検討を十分長いあいだ続けてみると、幸福はどうやら幼年時代にだけ体験されたのだった。しかも、幸福を体験した時を、その瞬間をふたたび見いだすことは、非常にむずかしかった。そういう場合でも、幼年時代の範囲でも、あとで吟味してみると、その輝きは必ずしもほんものでなく、黄金は必ずしも純金でないことがわかったからである。極度にやかましく言うと、ごくわずかな体験しか残っていなかった。それも、描き出すことのできる情景、物語ることのできるできごとではなかった。そういう体験は、追求すると、するりと体をかわしてしまった。そういう回想が現われると、まずそれは、数週間か、数日間、あるいは少なくとも一日のことであるように思われた。たとえばクリスマスとか、誕生日とか、休暇の最初の日とか。——だが、子どものころの一日を記憶の中に再現するには、無数の情景を必要とする。ただの一日のためにも、半日のためにも、記憶力は十分な量の情景を集めることはできないだろう。

数日、数時間、あるいはほんの数分間の体験であったにせよ、私は幸福をいくども体験した。のちになってからも、年をとってからも、数瞬間幸福に近づいたことがあった。しかし、人生の初期に出会った幸福の数々を呼び返し、たずね、吟味してみるたびごとに、そのうち一つが特にはっきりと残った。それは私の生徒時代のことだった。その幸福との出会いの独特な点、純粋な点、根本的な点、神話的な点、静かに笑いながら宇宙と一体になっている状態、時間や希望や恐怖から絶対的に自由である状態、完全に現在である状態、それは長く続きはしなかった。おそらく数分間しか続かなかった。

ある朝、たぶん十歳の元気な少年だった私は、まったくいつもと違った恵まれた深い、うれしく快い気持で目をさました。それが私を内部の太陽のようにくまなく照らした。今し、少年の安眠から目ざめたこの瞬間に、何か新しいもの、すばらしいものが生じでもしたかのように。私の小さくて大きい少年の世界全体が新しいより高い状態に、新しい光と風土の中にはいりでもしたかのように。美しい生活全体が今はじめて、この早朝、値打ちと意味をあますところなく獲得しでもしたかのように。私は昨日のことも、明日のことも忘れていた。幸福な今日に包まれ、なごやかに洗われていた。それは快く、感覚と魂によって、好奇心も弁明もなく味わわれた。私のからだじゅうにしみとおって、すばらしい味がした。

朝だった。高い窓を通して、隣家の長い屋根の背ごしに、空が清い淡青色に晴れわたっているのが見えた。空も幸福に満ちて、何か特別なことをもくろんでいるように、そのためにきれいな着物を着でもしたように見えた。私の寝床からは広い世界もそれ以上は見えなかった。この美しい空と隣家の長い屋根だけしか見えなかった。しかし、この屋根も、濃い赤茶いろのかわらの退屈な殺風景な屋根も、笑っているように見えた。その急なかげった斜面にさまざまの色がかすかに漂っていた。たった一枚の青みがかったガラスの引っかけがわらが、赤い粘土のかわらの間で、生き生きと見え、静かにさんさんと輝く早朝の空の一部を映そうと、喜んで努力しているように見えた。空、屋根の背のいくらかごつごつした角、整然とならんだ茶いろのかわら、空気のように薄い水いろのただ一枚のガラスのかわらなどが、美しく楽しく和合しているように見えた。特別な朝のひと時に、それらのものは明らかに、互いに笑い合い、互いに善意を持ち合うことしか考えていないように見えた。空の青い色、かわらの茶いろ、ガラスの青い色は、一つ心で、一体になり、いっしょに戯《たわむ》れていた。みんな快さそうだった。それらを見るのは、それらの戯れに立ち会うのは、それらのもののように同じ朝の輝きと快感にひたされる感じをいだくのは、すてきであり、快かった。

そういうふうに私は、眠りの安らかな余韻と共に、始まる朝を楽しみながら寝ていた。一つの美しい永遠であった。一生の間にこの時のほかにも、等しい、あるいは類似の幸福を味わったことがあるかどうか。いずれにしても、幸福がこの時より深く、より現実的だったことはなかった。世界は秩序であった。この幸福が百秒つづいたか、十分間つづいたか、とにかくそれは時間の外にあったので、ほかのすべての真の幸福に完全に似ていた。ちょうど、ひらひらと飛ぶしじみちょうがほかのに完全に似ているように。――それはたまゆらであった。時間に洗われていた。しかし、六十年以上へた今日なお私を呼びもどし、引きつけ、私が疲れた目と痛む指で、それに呼びかけ、ほほえみかけ、それを写し描く努力をせずにはいられないようにさせるに十分なほど、深く永遠であった。その幸福は、私の身辺のわずかな事物と私自身の存在との調和、どんな変化も上昇も願わない、願望のない快さだけから成り立っていた。

家の中はまだ静かだった。外からも物音はやってこなかった。この静けさがなかったら、おそらく起きて学校へ行かなければならないという日常の義務への警告が、私の快さをかき乱しただろう。しかし、まぎれもなく昼でも夜でもなかった。甘い光と笑う空いろが存在していたが、玄関の砂岩のゆかの上を女中がせわしく走ってはおらず、ドアがきしる音をたててもおらず、パン屋の小僧が階段を歩いてもいなかった。この朝のひと時は、時間の外にあり、何ものをも呼んでおらず、来たるべき何ものをもさし示していなかった。それ自体で満ち足りていた。それは完全に私を内に含んでしまっていたので、私にとっても、日というものは存在せず、起床も学校も、半分やりかけた宿題も、うろおぼえの単語も、さわやかに換気された上の食堂でのせわしい朝食も考えられなかった。

幸福の永続は、この時、美しいものの増大、喜びの増加と過剰によってくずされてしまった。そうやって寝たまま、身動きもせずにいる私の中に、明るい静かな朝の世界がはいりこんで来て、私を抱きとっているうちに、遠くから、何か常ならぬもの、輝かしいもの、極度に明るいものが、黄金のように、勝ちほこって静寂を貫いてきた。それは、はちきれるような喜びと、心をそそり目ざます甘さにあふれていた。ラッパのひびきだった。今はじめてすっかり目をさまして、寝床の中にからだを起し、毛布をはねのけているうちに、そのひびきはもう二声部になり、多声部になっていた。嚠《りゅう》喨《りょう》と演奏しながら小路《こうじ》を行進して行く町の音楽隊だった。鳴りひびくはなやかさに満ちた、まったく珍しい、胸をはずますできごとだったので、子どもの心は私のからだの中で、笑うと同時にすすり泣いた。あの恵まれたひと時の幸福も魅力もみな、この刺激的な鋭く甘い音の中に流れこみ、呼びさまされて、たまゆらの時間の中に引きもどされて、あふれ出るかのように。――その瞬間、私は、お祭の喜びに震えながら、寝台から出て、戸ぐちへかけ出し、隣室にとびこんだ。そこの窓からは往来が見えたのだ。歓喜と好奇心と目撃を欲する陶酔のうちに、あいた窓に横になって、近づいてくる音楽のもりあがる誇らかなひびきを、私はわくわくしながら聞き、近所の家々や往来が目ざめ、活気をおび、顔や姿や声でいっぱいになるのを見、耳にした。――その瞬間に私はまた、眠りと昼との間の快い状態のうちにすっかり忘れてしまっていたものを、残らず意識した。きょうはほんとに学校がなくて、大祭日であること、王さまの誕生日だったのだと思うが、――行列や旗や音楽やこれまでなかった楽しいことがいろいろあるだろう、ということを知った。

それを知るとともに、私はもとにもどった。そして、日常を支配する法則のもとに置かれた。金属のひびきに呼び起されたその日は、ふだんの日ではなく、祭日ではあったけれど、この不思議な朝の独特な美しさや神々《こうごう》しさは、もう消え去っていた。そして、ささやかなやさしい奇跡の背後で、時間や世界や日常生活の波がまたぶつかり合っていた。

湯治手記

親切な医者が私を患者として初めてバーデン温泉へ送ってから、二十五年たった。あの最初のバーデン湯治の時、私は内面的にも用意ができていて、新しい体験や思想を持つことができるようになっていたにちがいない。それはそのころ『湯治客』という小さいながら、最近まで、幻影を脱した辛辣《しんらつ》な老齢にいたっても、自分のましな本の一つと自分で思っていた、終始気持よくなつかしんできた本ができたのを見てもわかる。一つにはホテルの湯治生活の珍しい暇に刺激され、また一つには、人間や書物に親しんだいくらかの新しい経験に刺激されて、私はあの夏めいた湯治の数週間のあいだ、内省と自己検討の気分を見いだしたのだった。『シッダールタ』から『荒野のおおかみ』への途上のまん中で、周囲の世界と自分自身に対する傍観者の気分を、目前のものの観察と分析に対する皮肉な遊戯的な興味を、のん気な閑居と強烈な仕事との間の浮遊状態を見いだしたのだった。その観察と遊戯的な描写の対象、すなわちホテル生活や温泉ホールの演奏会や無為なのらくら暮しなどから成る湯治は、あまりにささやかで、つまらなかったので、私の思索や執筆の興味はまもなく、より重要でもありおもしろくもある別な対象に、つまり自分自身に、芸術家であり文士である者の心理に、書くことの情熱と真剣さとむなしさに向けられた。書くことは、すべての芸術のように、一見不可能なことをあえてするもので、その産物は、うまく行ったとしても、書く人のめざし試みたものに即応することも、似ることもないのだが、その代り、時として、あたためられた冬のへやの窓にできた氷花のように、きれいで、おもしろく、心を慰めることがある。窓ガラスの結氷から私たちが読みとるものは、対照的な内外の温度の戦いではなくて、心の風景や夢の森である。

もっとも、当時できた『湯治客』の本を私は過去二十年間にただ一度、大戦の破壊ののち、新版を出すために、読んだきりである。その際、私はすべての芸術家や文士が知っている経験をした。つまり、私たちは自分自身の産物について決して確実な安定した判断を持つものでなく、私たちの産物は私たちの記憶の中でまったく不思議に変化し、小さくなったり大きくなったり、いっそう美しくなったり、価値を失ったりするものだという経験をした。上述の新版では、『湯治客』は、時間的に主題的にきわめて近い『ニュルンベルクの旅』と一冊の合本になるはずだった。この二つの小さい著作の再読にかかった時、私は、『湯治客』ではなく、『ニュルンベルクの旅』を、より良い、より良くできた作品として覚えていた。その根拠を再現することはできなかったけれど、その判断は私の心中にかたく根をおろしていたので、読み終えてから、まさしく逆だ、二つのよく似た手記のうち、『湯治客』のほうがずっと価値のある美しい手記だということを確認せずにはいられなかった時、私はほんとに驚き、失望した観があった。私の今日の判断では、『湯治客』のほうがずっと上だったので、しばらくのあいだは、『ニュルンベルクの旅』を私の著作集の新版から全然はぶいてしまうことを考えたくらいだった。いずれにしても、細心に再読した結果は私にとって、自分は二、三十年も前に、単に誠実であるばかりでなく、今ではもう書けないような、朗らかで楽しめるものを書いたという、むしろ喜ばしい発見となった。

そのうち、この発見をしてからまた時間がたった。老人にとっては、時間は驚くほど早く過ぎる。老齢の歳月は、過去の堅実で充実した歳月に比べると、パルプ製の粗悪な廉価《れんか》な織物のようにすり切れる。こうして、バーデン温泉を最初に訪れ、当時の手記を書いてから、二十五年たった。それはそうと、バーデンに来るごとに、あの手記が私にとっていささか悩みの種であることを告白せずにはいられない。というのは、同じ湯治客のだれかが、ほかでもないあの本を読んでいて、私にその話をしかけるこ とが、いくどもあったからである。その話をしかけられ、対談の相手をしなければならないのは、私にとって年ごとにいやになり、わずらわしくなった。このいとわしさと、総じて静けさと独居を渇望《かつぼう》する気持は、近年ますます高まり、つのった。「人々の口にのぼる」ことに、私ははてしもなく疲れ、飽きた。それは慰みでも名誉でもなく、不幸であった。昔は人目に対しきわめて安全だった私の住居をしばし離れ、たとえばバーデン湯治などに出るのは、いろいろ理由はあるが、訪問者を恐れ、いとわしく思うからでもあった。訪問者は絶えず私の玄関の前に立つ。遠慮してほしいと、私がそっと頼んでも大声で頼んでも、彼らは何の反応も示さず、私の家のまわりをしのび歩き、私のぶどう山の最も個人的な隠れた片すみにまでたびたび私のあとをつけてくる。訪問者たちは、この変り者をかり出し、追い詰め、その庭や個人生活を踏みにじり、窓からその仕事机をじろじろ見、彼が人間に対しわずかにいだいている尊敬を、生活の意味に対する信頼の残りと共に、おしゃべりによって粉砕してしまおうという一念に凝りかたまっているのだ。世間と私との間のこの不和は、前から下地ができており、増大していたのだが、年来恐れていたドイツからの侵入が始まって以来、ほとんど耐えがたい苦しみになった。そういう襲撃やしつこい振舞いを私は百ぺんも、渋い顔をしたり、甘い顔をしたりして耐え忍んできたが、侵入が盛んになった最近の数週の間には、さすがの私も、まるでわがもののように私の庭を歩きまわっている訪問者を見つけると、追いつめてどなりつけたことが、三度もあった。どんな忍耐も疲労も、ありとあらゆることを我慢するほど深くはない。どんなつぼも、決してあふれることがないほど大きくはない。

そういうわけで、私がまたバーデン湯治に出ることに決めたのも、一種の逃避であった。いくども私はバーデンに行った。いつも晩秋だった。入浴、ホテル暮しの穏やかにぼけて行く規則的な経過、乏しい十一月の光のたそがれ、半ばあいているホテルの静けさと快いあたたかさなどが、私には好ましく思われた。これまでたびたびしたように、無為と惰性的な生活のうちにくつろぐか、また別な時いくども行われたように、眠れぬ夜の時間を詩作で満たして、昼間のいつよりも高い程度の目ざめを体験するだろう。いずれにしても気分転換になった。それは、年老いて消えて行く状態にあっては、小さからぬ誘惑であった。私は旅行の決心をした。温泉よりもチューリヒに近いことをバーデンの魅力に数える妻も同意した。荷造りをした。書物も執筆用具も十分に入れた。私たちは旅にのぼった。また、居ごこちのよい古いホテルにはいった。私の最初の湯治以来たびたび私を見てきたホテル、私が老境に入り、老人に変って行くのをおちつきはらって見まもってきたホテルだった。ずっと前から私は、老いた客、寛大な尊敬をもって微笑される白髪組に属していた。こんども私の順位はあがった。いくどかここで会ったことのあるごく老齢の定連客が数人、また死んだ。食堂の彼らの席には今は別な老人がすわっていた。もちろんホテルの使用人の中にも、新顔がいくつかあった。彼らは定連客を見わけて打ちとけた微笑で迎えることができなかった。

私は二十五年この方このホテルで、多くの体験をし、多くのことを考え、夢み、多くのものを書いた。ホテルの小さい机の引出しには、『ゴルトムント』（訳注　『ナルチスとゴルトムント』――『知と愛』）や『東方巡礼』や『ガラス玉演戯』の原稿がはいっていた。数百の手紙、日記、数十の詩が、私の泊ったこのホテルのいくつかの部屋で書かれた。いくつもの国の、私の生涯のいくつもの時期の同僚や友人がここに私を訪れた。陽気な、社交的な、酒を楽しむ夕べをここでいくどもすごした。へこたれて、かゆをすすった日も多かった。仕事に夢中になった時もあった。疲れてひからびた時もあった。ここには、ホテルの中にしろ、小さい町の中にしろ、片すみでも、私にとって思い出のないところはなかった。思い出の層がいくえにも重なりあっていないところはなかった。故郷を知らない人々は、豊富な古い思い出のそういう場所に対し、自分自身を皮肉るが冷淡ではない一種の愛をときどきいだく。たとえば、四階に、窓の三つあるあの明るい部屋があった。そこで私は「夜の思い」や「沈思」などの詩を書いた。前者は、新聞でドイツにおけるユダヤ人迫害やユダヤ教会堂火災に関する最初の報道を読んだのちの夜、書かれた。ホテルの別のむねでは、五十回めの誕生日の数か月前に「病床の詩」ができた。下の広間では、弟ハンスがいなくなったという知らせを受けた。同じ場所で、一日おくれて死の知らせを受けた。今はもう幾年も前からいつも同じへやに泊っている。ホテルのいちばん古い部分である。青赤黄の花束の壁かけを目の前に見なくなったら、苦痛なことだったろう。幸い、それは机や読書用のあかりと共に今もある。私はささやかな仮の故郷に、ありがたい気持であいさつした。

万事なごやかにぐあいよく行きそうだった。このホテルで出会った定連客の中に、もう数年来私と同じ季節にここに滞在するのを常としている婦人が見られた。彼女は以前はたびたび私をつかまえて、仮借なく長い一方的な談話をした。だが、今では彼女は私を知った。この前の時、私たちの間にささやかな衝突が起きた。それでけりがついたものと見てよい、と私は思った。私たちは彼女を避けた。ひとりで彼女の近くに行きあわすようなことがあると、私は、大急ぎで重大そうにだれか他の人をさがしたので、だれだって私を引きとめる勇気を持たなかっただろう。

読む物として私たちはドストエフスキーの『白痴』をたずさえて行き、読み始めた。三十年前と同様におもしろかった。しかし、興味はこんどはやはりときどき裏切られた。この本は時とともに実質と内容をいくらか失ったように思われた。その代りに、つまらない人間と愚かしい長時間の談話が一見ふえたようだった。私たちがもうしばらく生きていたら、この本をずっと前に初めて二度読んだあとに達した境地にふたたび達することだろう。すなわち、公爵《こうしやく》の忘れがたい姿のほかには、ラゴージンとふたりの女性の姿しか記憶に残らないだろう。場面の中では、汽車の中の最初の場面と、ラゴージンの暗い家の中の二場面、レーベジェフのテラスでのおしゃべりな夜会の場面と、ふたりの若い女性が互いにつばを吐きかけ合い、公爵がナスターシャのもとに残る恐ろしい場面と。その間に、幾百ページにわたってこの談話が続くのを、人は思い出すだろう——だが、長い時間がたつと、それをまた読んでみたい気持を非常に強く感じるだろう。私たちふたりはまた、この長編のゆらゆらと燃えぴくぴくとけいれんする雰囲気に引きつけられ、いくらか興奮した。ある晩、食後、妻が私の部屋にはいって来て、「あなたの戸の外に人殺しがうろうろしている」と言ったのは、この気分にまったくしっくりしていた。

「そいつを見なくちゃ」と私は言って、急いで外に出た。

はたしてそこには、そわそわとおちつきなく、ひどく興奮して廊下や玄関をうろうろしている人がいた。若い男で、まぎれもなく外国人だった。しかし、私の目を引いたのは、東方的なユダヤ的な点ではなかった。その型なら、私はよく知っていて、好感を持っていた。ほくろのように彼に特徴を与え、私の妻に「人殺し」ということばを暗示したのは、彼の一時的な状態、つまり、不安と熱と焦燥に満ちた少し無気味な様子だった。しかし、人殺しではなかった。それは、彼をひと目みただけでわかった。むしろ、自殺者らしかった。いらいらとおちつかない彼の挙動はそれにふさわしかったろう。だが、そうでもなさそうだった。この「人殺し」がひどく興奮した人間で、圧迫を受けて苦しんでいることだけは、ありえそうなこと、ほとんど確かなことだった。彼が私をめざしていたこと、もっともそれが助けや助言のためではなく、話をするためであったことは、ありえそうなこと、ほとんど確かなことだった。私はゆっくり彼のそばを通り、彼の顔を見た。初めは同情のような感情をもって、それからだんだん恐怖をもって。というのは、私の見たところ、これは話したがっている人、話さずにはいられない人だったからである。それはたぶん、息をつまらせるものを何か心に持っていたため、たぶんただ、耐えられなくなるほど長いあいだ孤独であり、今は内部からの圧迫をもはや制御することのできなくなっていたためだった。私はわき廊下にまぎれこんだ。それでも、いい気持はしなかった。私がもどってくれば、たちまち彼が私に話しかけ、私を説きつけにかかるだろうことは、まず完全に確実に感じられたからだ。それが私はほんとに不安だった。私はその時大きな幻滅に陥り、人間を避け、それまで生活と仕事の目標としてきたいっさいのものの意味と価値を深く疑う状態にあったので、そういう心境の私にとっては、まさしく自分が与えることのできないもののいっさい、すなわち、信頼、こだま、問いや嘆きや訴えを受け入れる用意などを求める人間に襲われることほど、私を脅《おび》やかし、絶望させるものはなかった。私たちの戦術上の条件はあまりに違っていた。私は弱く疲れており、防御的で、しかも、負けることは前もって確かだった。それに反し、彼は若くたくましく、背後に熱や興奮や憤激やノイローゼやその他なんとでも呼べるものの強い発動機を持っていた。私には、彼を恐れる十二分の根拠があった。しかし、いつまでも廊下や階段ぐちにいるわけにはいかなかった。また私の部屋に彼がはいって行って、そこで私を待っている妻を驚かすというような目に妻をあわすわけにもいかなかった。心ならずも私は引き返すほかはなかった。このかりたてられた男、「人殺し」のしゃべりたい気持、あるいは訴えたい気持、あるいは突っかかりたい気持は、私のよく知っている精神状態だった。たくさんの人がこの数年、数十年の間に、その熱にかられて私のところにやって来た。私が特別な理解を持っているだろうと、彼らに予想されたか、あるいは単に私が偶然ちょうど彼らの道を横切った、という理由で。——私はたくさんの訴えを、ざんげを、乱暴な非難を、積り積った悩みや恨みのたくさんの爆発を聞いたものだ。それが私にとって貴重な体験に、確証の強化に、有益な経験になったことも珍しくない。しかし今では、気むずかしく余裕のなくなった私の生活のこの段階では、人々の近づきや強いられる新しい対人関係がすべてもう重荷や危険として感じられる段階では、そういうふうにこちらより強い男、粘り強い男に襲われることは、しんからいやだった。私の心の中ではすべてが、拒否的な冷淡さとそっけなさに凝縮してしまった。私はふきげんな足どりで、おそらくとりつく島もないような顔をして自分のへやの戸ぐちにもどった。はたして彼が歩み出て来た。今はじめて、さっき私の方を向いた時うす暗がりに隠れていた顔が、弱い灯火の中で見えた。興奮した、しかし善良な顔で、若くて率直だった。しかし思いつめ、緊張した意志に満ちていた。

彼は、私と同様にこのホテルの客で、ちょうど『湯治客』を読んだところだが、強く興奮させられ、刺激を受けたので、是非ともそれについて私と話がしたいと言った。私は手短かに、私のほうでは話し合いたい必要を少しも感じていない、それどころか、話をしたいという人々の侵入があまりわずらわしくなったので、それを避けて逃げて来ているのだ、と説明した。予期のとおり、彼は屈しなかった。私は、翌日彼の言うことを聞く約束をせざるをえなかった。しかし、十五分で我慢してくれと頼んだ。彼はあいさつして去った。私は妻のもとへもどった。妻は『白痴』を私のために読み続けてくれた。ラゴージンやヒポルトやコーリャの友人たちが長い話をしているあいだに、彼らの大多数が玄関にいる未知の男に似ているように思われた。

それから床にはいったが、よその男はもう勝負に勝ってしまったのだということがわかった。つまり、私は今晩のうちにすぐ彼の言うことを聞いてしまわなかったことを、ひどく後悔した。というのは、明日のこと、引き受けた義務のことを思うと、それにわずらわされて、眠りを乱されたからである。あの男は、私の本を読んで刺激されたと言ったが、それはどういう意味であったのか。刺激されたという表現を彼は使ったのだ。おそらく、彼は、消化できない不快なことに私の本の中でぶつかって、それについて説明を求めるか、抗議しようというのだろう。私はそのため夜半まで頭を悩ました。夜の半ばは私のものでなくて、よその男のものになった。私は横になったものの、彼のことをいろいろ考えずにはいられなかった。私は横になったものの、彼は何を言いだすだろうか、きくだろうか、と心に描いてみずにはいられなかった。私は横になったものの、『湯治客』の大体の内容を記憶をたよりにまとめてみるのに苦労しなければならなかった。そういう点でも、あの無気味な男は私よりまったく立ちまさっていた。私が二十五年前に書き、数年前に再読したっきりの本を、彼は読んだばかりでよく知っていた。目前の対談に際しての自分の態度についていくらか目鼻がついてきた時、初めて私は他のことを考え、やっと寝入ることができた。

翌日になり、昼過ぎの時間になった。私たちふたり、よその男と私とが待ちうけた時間になった。彼はやって来た。私たちは、きのうの夕方彼の威嚇《いかく》的な姿が現われた玄関の広間に腰をおろした。象眼細工のしてあるとてもきれいな古い遊戯台に向って対座した。台の丸い板のまん中は、将棋盤になっていて白っぽい木と黒っぽい木とでできた目になっていた。私はもっと楽しい日にはよくこの台で将棋をしたものだ。このへやは昼間の今もきのうの夕方よりひどく明るくはなかったが、私は相手の顔を今はじめてほんとに見るような気がした。その時の私の状況や気分では、この顔に好感を持てないほうが、実際は好ましかっただろう。そのほうが防戦の態度を容易にしただろう。しかし、まったく好感の持てる顔だった。賢い教養のあるユダヤ人の顔、信心深く教育され、みずからも信心深く、聖書に精通しているが、神学者とユダヤの律法博士になる途中で面くらって、改宗した東方のユダヤ人の顔だった。彼は真理そのもの、生きた精神にぶつかったことがあったのだ。彼は驚き、目をさまさせられたのだ。察するに初めて彼は、私も生涯の間に数回味わったような体験をしたのだ。彼は、私も自分について他の人々について親しく知った心的状態に、目ざめと透察と、知と、精神的恵みの状態にあったのだ。この状態では人は何でも知っている。人生は啓示のように私たちを見つめる。以前の段階の認識や理論や学説や信条はくずれ去り、もみがらのように四散し、制札や権威は砕けてしまう。それは不思議な状態である。多数の人々は、精神的な探求的な人々も含めて、ついぞその状態を親しく知りはしない。だが、私もその状態に見舞われた。その不思議な息吹《いぶ》きに私も触れた。私も、まぶたを伏せずに真理を直視することができた。さぐりを入れる二つの質問によって知ったところによると、この非凡な青年には奇跡が老子の姿で現われたのだった。恵みは彼にとっては道《タオ》という名を持っていた。依然として法則あるいは道徳のような何かが彼にとって存在するとすれば、それは、すべてに対して心を開いていること、何ものをもけいべつしないこと、何ものについても判決を下さぬこと、人生のあらゆる流れを自分の心に貫流させること、という警告であった。こういう心的状態は、その中にはいる人にとって、特に初めてそれを体験する人にとってまったく究極的なものの性格を持ち、宗教的な回心、改宗に近似している。すべての質問が答えられ、すべての問題が解かれえ、すべての疑いが永久に解決されたように思われるものである。だが、この究極的というのは、勝ち誇った「永久に」というのは、思い違いである。疑い、問題、不安、落胆はまたやってくる。戦いは継続する。生活はなるほどずっと豊かになるが、むずかしさは少しも減りはしなかった。老子のこの弟子はこういう点に立っているように見えた。自由と恵みとの体験によってまだ高揚させられ、完全に変えられ、新たにされてはいたが、彼は明らかにふたたびもう幻影に追われ、幸福な浮遊状態から、戦いの世界へ逆転しようとしていた。それには私にも責任があった。というのは、恵みを受けたこの若い男はたまたま一冊の本、私の『湯治客』を手にし、それを読んで、それが彼にとってつまずきの石となったからである。無際限に心を開く態度がそこで限界にぶつかり、いっさいの肯定が一つの抵抗にぶつかったからである。彼は一冊の本、愚かしい、きわめて不十分な本を読んだ。そのため、彼の受けた高い恵み、いっさいの調和の体験は破られてしまった。狭い、我《が》にとらわれた、苦情を言う、尊大な精神が、その本の中から彼に話しかけた。彼は、超然と微笑をもってその妨害の声を大きな調和の中に取り入れ、それに笑って答えることができず、この石につまずき、よろめいたのだった。この本は、彼を朗らかにする代りに、彼を悩まし、怒らせた。特に彼を怒らせたのは、著者の尊大さであった。著者は芸術家の立場から、趣味の清教主義から、尊大に「俗悪」映画に対する観衆の喜びについて難くせをつけて酷評しているが、実は彼の本能生活の底では、その俗悪作品を喜び、それを見たがっていることを隠しきれずにいるのだ。それ以上に愚かしいぐらいなのは、いや、不快なのは、湯治客が単一に関するインドの思想について語っている態度と調子であった。湯治客は、生徒が九々を信じるように、その思想をひたむきに文字通りに信じ、教義のように、権威のある真理のように礼拝しているように見えた。知識のある者にとっては、Tat Twam Asi（なんじはそれなり）はせいぜい美しいシャボン玉で、まやかしの光彩を発する思想の遊戯にすぎなかったのに。

これが私たちの対話の内容の大体だった。対話は、申し合せたように、十五分よりたいして長くは続かなかった。ほとんどまったく彼ひとりがしゃべった。私は反対をしなかったから。——あらゆるものに心を開けば、一冊の本にそんなにひどく腹を立てるべきではない、生きている著者に面と向かえば横っつらをはってやりたくなるものだ、ということにも注意を促さなかった。また、自分の本は、すべての文学作品のように、単に内容から成り立っているのではないこと、むしろ内容は相対的に重要でないこと、著者の意図のようなものと同様に重要でないこと、私たち芸術家にとっては、著者の意図や意見や思想にちなんで、ことばの材料、ことばの糸から織られた作品ができあがったかどうか、それが問題なので、その作品の測りがたい価値は内容の測りうる価値よりはるかにまさっていることも、私はその十五分のあいだに想起しなかった。それを言うことができなかったのは、私たちの対話のあいだに私はそれを全然思いつかなかったからであり、また、私の相手が美しい情熱をもって私の本についてしゃべっているあいだ、まったく彼の言うとおりだと、私は認めずにはいられなかったからである。彼は実際内容についてだけ話した。他の点は彼の心に触れなかったのだ。あの十五分のあいだ、私はあの本を否定し、できるものなら、撤回する気になっていただろう。この読者の批判は、あの本の思想に関するかぎり、完全に正当とされたばかりでなく、私の本によって高貴な純粋な心を怒らせたのは、まったく私もお気の毒に思ったからである。

私の顔や手のようにしなびて灰いろにはなっていず、その声や活気のあふれた態度全体と同様に若々しく柔軟で力のこもった批判者の顔や手を、私は無言で重苦しく見つめたり、ふたりの対座している遊戯台の美しい飾りや木の色を見つめたりした。この台はおそらく、私の若い相手も年をとってしなび、ことばや意見に疲れた時になっても、とっくに忘れられた製作者の趣味や遊戯の喜びを示すことだろう。

私の妻はこの対談の席にいなかった。いたら、相手の男のおしゃべりにブレーキをかけたにちがいない。今はしかし、十五分を越えたので、妻がやって来て、私たちのところに着席した。それに援護されて、会談のあいだじゅうほとんど口を開かなかった私は、たぶん緊張をほぐし気持をなごますようなことばを、なおふたことみこと口に出した。

私はほんとにやれやれと思って別れを告げたし、会談を長びかせたところで無益だったろうが、この誠実に求める人に対して、疲れた老人のお面より外には何も提供するものを持たなかったのは、やはり心の中でいくらか苦痛に感じた。しかも、この老人たるや、自分と自分の本についての批評を聞くことに、あるいは批評に対して自己弁護することにさえ、全然興味を持たないのだ。初めはとてもやりきれないだろうと感じていたこの短いひと時について、青年に何か楽しいものが残るように、私は何かいいものを彼に贈りたいところだった。

会談のあと、私は沈んだ気持でいた。その気持が消えるまでには、それから幾日も幾夜もかかった。そしてやっと、老人の強情な沈黙も無抵抗なしりごみも、青年にとってタオ（道）がふたたび与えられるや否《いな》や、彼の呼びかけに対して私が取りえたであろうところのどんな他の態度に劣らず、実り豊かな沈思あるいは冥想《めいそう》に役立つだろう、と考えて、自分を慰めることができた。

クリスマスと二つの子どもの話

私たちのささやかな静かなクリスマスのお祝いが終ったのは、十二月二十四日の夜のまだ十時まえだったが、私はすっかり疲れて、夜と寝床を、そして何よりも、郵便も新聞もこない二日間を楽しみにしていた。図書室と呼ばれている私たちの大きな居間も、私たちの心の中と同様に雑然と戦い疲れた様子をしていたが、ずっと朗らかに見えた。私たち三人だけで、つまり主人と主婦と女の料理人だけでお祝いをしたのだが、それでも小さいもみの木に燃え落ちたロウソクがついており、色とりどりの金いろや銀いろの紙やリボンが散らばっており、食卓には花や積み重ねられた新刊書がのっており、あるいはきちんと、あるいはぐったりと半ばへこんで花瓶に立てかけられた絵や、水彩画や、石版画や、木版画や、子どもの絵や、写真などがあって、部屋に、いつもと違ったお祝いらしいあふれる豊かさと活気と、何かしら年の市のような、宝ぐらのような感じと、命とたわいなさと、子どもらしさと遊戯めいた気配を与えていたからである。それに独特な空気が加わっていた。やにやロウや、こげたものや、うちで焼いたお菓子や、ぶどう酒や、花などが入りまじって、雑然と陽気に芳香をしょいこんだ空気が加わっていた。さらに、この時この部屋には、年とった者たちにふさわしいように、過ぎ去った年々のたびたびの、非常にたびたびの、お祝いの情景や音と芳香が積みかさなっていた。最初の大きな体験以来、七十ぺん以上もクリスマスが私を訪れた。私の妻の場合は、年数もクリスマスのお祝いの数も少なかったけれど、その代り、異郷の感、安らかな故郷が遠く消えて呼び返すよしもないという感じが、私の場合よりなおいっそう大きかった。緊張したこの数日間、贈ったり、包みをこしらえたり、贈られたり、包みをといたりすること、ほんとの義務とほんとでない義務との反省（ほんとでない義務のほうが、それを怠ると、ほんとの義務より手ひどい仕返しをすることが多い）、平穏でない時代のクリスマスのひどくのぼせた、せかせかしたせわしさなど、そういうもの自体がすでに処理するのに骨の折れるものであったが、歳月と幾十年間ものお祝いとをふたたび目の前に新たにするのは、いっそう厳粛な課題だった。しかし、それは少なくともほんとの意味深い課題だった。そしてほんとの意味深い課題というものには、要求したり消化したりするばかりでなく、助けたり強めたりする幸福が伴うものである。特に、解体された、意味の欠乏に病み、死に去ろうとしている文明の中にあっては、個人にとっても団体にとっても、あらゆるものに逆らって私たちの存在と行為に意味を与え、私たちというものの意味を認めてくれるようなものに出会うことよりほかには、生き続けるための薬も栄養も力の泉も存在しない。全生涯のクリスマスとさまざまな関係を思い出すと、また魂のひびきや動きに耳を澄まして幼年時代の多彩な混乱状態にさかのぼると、また、とっくに消えてしまったなつかしい目をのぞきこむと、やはり、一つの意味、統一、私たちがあるいは意識してあるいは意識せずに一生のあいだそのまわりをめぐっている隠れた中心の存在することが、証明されるのである。ロウとはちみつのにおいのする、幼年時代の純真なクリスマスのお祝いは、どうやらまだきずついていない、破壊に対して守られている、破壊の可能性を信じない世界に属しているので、そこから、私たちの私生活や私たちの時代のいっさいの変化と危機と動揺と再意識などを越えて、私たちの中に一つの核心が、一つの意味が、あるいは恵みが保たれてきた。それは教会や学問の何らかの教義に対する信仰ではなく、危険に陥った乱された生活がいつも新たに自己を再建するためのよすがとなる一つの中心の存在に対する信仰である。つまり、まさに私たちの本質のこの奥深い核心から神に到達できるという信仰、神の現存とこの中心との一致の信仰である。神が現存するかぎり、醜いもの、外見的に無意味なものも、耐えられるであろう。神にとっては、どこに行っても現象と意味は分離していないからである。神にとってはすべてが意味だからである。

小さい木はもう長いあいだ暗く少しまがぬけたように小卓の上に立っていた。しばらく前から味気ない電燈《でんとう》がいつもの晩のようについていた。私たちは窓の外に他の種類の明るさを認めた。その日は晴れたり、曇ったりした。谷のように狭まった湖水のかなたの山の斜面には、時々細い白い雲が長くたなびいた。みな同じ高さで、じっと動かず光っていたが、外を見るたびごとに、消えたり、形が変ったりしていた。日が暮れる時は、夜じゅう空が見えず、もやに包まれるのかと思われた。しかし、お祝いやクリスマスツリーやそのロウソクや贈物や、だんだん密度を増してくる思い出に心を奪われているあいだに、外ではいろいろなことが起り、演じられた。私たちがそれに気づいて、へやのあかりを消すと、外では大きな静寂の中に、異常に美しい神秘的な世界が横たわっているのを知った。足もとの細い谷を満たしているもやの表面に、あおざめているが強い光が漂っていた。このもやのかたまりの上に、雪の積った丘や山がそびえていた。すべて、同じ一様な、分散しているが強い光をあびていた。白い平たい部分にはいたるところに、葉の落ちた木や、森や、雪のない岩が、とがったペンでなぐりがきした字母のように書かれていた。無言の、多くの秘密を蔵している象形文字やアラビヤ模様のようだった。しかし、それらすべての上に、満月にくまなく照らされた雲の群れとともに、白く蛋白石《たんぱくせき》のように輝いて、大きな空が不安にあわ立ち波うっていた。そして、幽霊のように溶けたりまた凝集したりする薄ぎぬの間に消えたり現われたりする満月の光に支配されていた。月は、晴れた空の一部を戦いとると、妖精《ようせい》のように冷たい、七いろに光るにじに囲まれた。そのきらきら輝き流れる色彩の序列が、くまなく照らされた雲のふちに反映した。甘美な光が、真珠のように牛乳のように空を貫いて、したたり流れ、下方のもやの中では弱まって反射し、生きて呼吸でもしているように、ふくれたり消えたりした。

就寝する前に、あかりがまたともされた。私はもう一度贈物ののっている机をちらりと見た。そして、クリスマス前夜に子どもたちが贈物のいくつかを寝室へ、できれば寝床に持ちこむように、私も、いくつかを持って行き、眠る前にもう少しのあいだ手もとに置いて、ながめることにした。それは孫たちの贈物だった。いちばん年下のジビレがくれたのはちり拭《ふ》き。ジメリがくれたのは小さいスケッチで、星空の下に百姓家がかいてあった。クリスチーネは私の短編『おおかみ』に彩色のさし絵を二枚かいてくれた。エーファは力強くきざみつけた絵をくれた。彼女の十歳になる弟ジルファーは、父親のタイプライターで書いた手紙をくれた。私はそれらをアトリエに持って行き、そこでジルファーの手紙をもう一度読んだ。それからそれをそこに置いて、重い疲労と戦いながら階段を寝室へあがって行った。しかし、私は長いあいだ寝つけなかった。その晩味わったことや情景のため、頭がさえていた。そして払いのけても払いのけても続いて起ってくる心像は、いつも、次のような文句の孫の手紙で終った。

おじいちゃん！　これから短いお話を書いてあげます。神さまのために、というお話です。パウルは信心ぶかい少年でした。学校でもうたびたび神さまのことを聞いていました。パウルもこんどはひとつ何か神さまに贈物をしたいと思いました。パウルは自分のおもちゃを全部しらべてみましたが、どれも気に入りませんでした。そのうちパウルの誕生日になりました。パウルはたくさんおもちゃをもらいました。その中に銀貨が一枚ありました。そこでパウルは、これを神さまにあげよう、とさけびました。ぼくは野原に出かけよう。あすこにきれいな場所がある。そこに銀貨を置いておけば、神さまが見つけて、持って行くだろう、とパウルは言いました。パウルは野原に出かけました。野原に行くと、ひとりのおばあさんがいました。おばあさんは杖《つえ》につかまらなければ歩けませんでした。パウルは悲しくなって、銀貨をおばあさんにやり、ほんとうはこれは神さまにあげるつもりだったのだけれど、と言いました。ごきげんよう、ジルファー・ヘッセから。

その晩は、孫の物語に刺激された記憶を呼び起すことがどうしてもできなかった。翌日になってやっとその記憶がひとりでに現われてきた。私も少年のころ、私の孫の今の年と同じころ、つまり十歳のころ、妹の誕生日に贈ってやるため、一つの物語を書いたことを思い出した。それは、数編の少年の詩を除くと、唯一《ゆいいつ》の作品、というより、むしろ保存されている幼いころの唯一の文学的な試みであった。私自身、そのことはもう数十年間忘れていた。ところが、数年前、どういう因縁であったかもう覚えていないが、おそらく姉妹のひとりの手を経て、この子どもの試作が私の手にもどって来た。ぼんやりとしか思い出すことができなかったが、その試作は、六十年以上もたってから孫が私のために作ってくれた物語とどこか似たところ、血のかようところがあるように思われた。私の童話が私の所有物の中にあるということは、はっきりわかっていたとしても、どうしてそれを見つけたらよかったろう？　いたるところに、いっぱい詰った引出しや、束にした紙挟《かみばさ》みや手紙の山があった。そのあて名はもう合っていなかったり、判読できなかったりだった。数年来、数十年来の書かれた紙や印刷された紙が、いたるところに保存されていた。捨ててしまう決心がつかなかったからである。敬虔《けいけん》さから、きちょうめんさから、そしてまた気力と決断力がないためである。また、いつか何らかの新しい仕事のために「価値のある資料」を提供するかもしれないというので、書いたものを過度に尊重する気持から、保存し、いわば棺におさめてきたのである。ちょうど、孤独な老婦人が、手紙や押し花や切りとった子どもの巻毛などを入れたさまざまの大きさの箱を戸だなや屋根裏べやにいっぱい保存しているのに似ている。年間百キロぐらいの紙を焼き捨てても、まれにしか住所を変えずに年をとった文士のまわりには、はてしもなくたくさんのものが集まる。

だが、あの物語を見つけ出そうという願いに、私はしっかりとかみついた。それをただ私の同年の同僚ジルファーの物語と比較するためであるにせよ、ひょっとしたらそれを写してジルファーにお返しとして送るためであったにせよ、どうでもよかった。私はそのためまる一日じゅう、自分を悩まし、妻を悩ました。挙句のはて、実際まったく思いがけなかったところにそれを発見した。物語は一八八七年カルプで書かれ、次のようなものである。

ふたりの兄弟
（マルラのために）

昔ひとりのおとうさんがおりました。おとうさんにはむす子がふたりおりました。

ひとりは美しくて強く、もひとりは小さくてせむしでした。それで大きいほうは小さいほうをばかにしました。弟はそれがひどくいやだったので、広い広い世界へ出て行こう、と決心しました。少し行ったところで、彼は御者に会いました。どこへ行くの、と彼が尋ねると、御者は、小びとたちのために宝をガラスの山に運んでやらなければならないのだ、と答えました。子どもは、それを運ぶとどんなお礼がもらえるの、と尋ねると、御者から、お礼にはダイヤモンドをいくつかもらうのだ、と聞かされました。すると、子どもも小びとたちのところへ行きたくなりました。それで彼は御者に、小びとは自分も歓迎してくれると思う？　とききました。御者は、それはわからない、と言いましたが、子どもを馬車に乗せてくれました。とうとうガラスの山に着きました。小びとたちの見張り人は、御者の骨折りにたっぷりお礼をし、御者を帰らせました。その時、見張り人は子どもに気づいて、何の用か、と尋ねました。子どもはわけを残らず話しました。その小びとは、ただ自分についておいで、と言いました。小びとたちは子どもを歓迎してくれたので、子どもは立派に暮しました。

さて、ふたりの兄弟のもひとりのほうのことも振り返って見ましょう。このほうはうちで長いあいだたいそうぐあいよく行きました。しかし、大きくなると、軍人になり、戦争に出なければなりませんでした。彼は右腕にけがをして、こじきをしなければならなくなりました。そんなわけで、このかわいそうな人も、ある時ガラス山にやって来ました。そして、そこにせむしが立っているのを見ましたが、それが自分の弟だとは、気づきませんでした。弟のほうではしかし、にいさんだということにすぐ気づいて、何の用か、と尋ねました。「ああ、だんなさま、私はパンの皮ひとつだってありがたいんです。それほどおなかがすいているんです」「いっしょに来なさい」と小さい男は言って、ほら穴にはいって行きました。そこの壁はダイヤモンドだけできらきら光っていました。「ダイヤモンドを手に持てるだけとっていいよ。自分ひとりではがすことができたら」とせむしの男は言いました。そこで、こじきは、けがしていないほうの手でダイヤモンドの岩からいくらかちぎりとろうとしましたが、もちろんうまく行きませんでした。そこで小さい男は言いました。「あんたにはたぶん弟がいるだろう。その人に助けてもらっていいよ」すると、こじきは泣きだして言いました。「いかにも自分には昔、弟がひとりおりました。あなたのように小さくてせむしでしたけれど、とても気がよくて親切でした。あの弟がいたら、きっと私を助けてくれたでしょう。しかし、私がいじわるく追い出してしまったので、もう長いあいだ、弟がどうなっているか、知りません」そこで小さい男は言いました。「ぼくがちびの弟だよ。つらい思いはさせないよ。ぼくのところにいなさい」

私の童話物語と、同僚である孫のそれとの間に、類似あるいは血縁があるというのは、たしかにおじいさんの思い違いではない。凡庸な心理学者なら、二つの子どもの試みをこんなふうにでも解釈するだろう。ふたりの語り手はいずれも、もちろん物語の主人公と同一視される。信心ぶかい少年パウルも小さいせむしも、二重の願望の実現を創作している。つまり、まずたっぷり物を贈られることである。贈られる物が、おもちゃや銀貨であることもあれば、宝石の充満している山全体や小びとのもとでの安らかな生活であることもあるが。——小びとというのはすなわち自分の同類で、偉い人や、おとなや、正常な人から遠く離れたものを意味しているのである。だが、ふたりの童話作家はいずれもそれを越えて、道徳的なほまれ、美徳の精華を創作している。彼らは同情心をもっていずれも自分の宝を貧しい者に与えてしまうのである。（そういうことは、実際は十歳の老人も、十歳の少年もしなかっただろう）そういう解釈はなるほどあたっているかもしれない。私はそれに何ら反対はしない。しかし、私にはまた願望の実現は空想と遊戯の領域で行われるのだと思われる。少なくとも、私は十歳という年齢では資本家でも宝石商でもなく、ダイヤモンドと知ってダイヤモンドを見たことなんかまだたしかになかった、と言える。それに反し、私はグリムのおとぎ話はいくつも知っていた。たぶん、不思議なランプを持ったアラディンのこともすでに知っていただろう。宝石の山というものは、子どもにとっては富の観念であるよりはむしろ、なみはずれた美しさと魔法の力の夢であった。「学校で」初めて神さまに好奇心をいだくようになった孫にとってより、私にとっては、神さまはおそらくずっと自明であり、実在的であったにもかかわらず、私の童話に神さまが現われてこないのも、私には特色であるように思われた。

あいにくと、人生はひどく短く、しかもこんなにひどく現実の外見的に重要な不可避な義務や課題に充満している。大きな仕事机にはまだかたづいていない仕事があふれており、一日のあいだに郵便が仕事の山をさらに二倍にも高めることがわかっているので、朝、床を離れかねることも少なくない。そうでなかったら、二つの子どもの原稿については、おもしろいまじめな遊戯がなおいろいろと行われうるだろう。たとえば、二つの試みの文体と文章構成とを比較検討することは、最も興味ふかく思われるだろう。しかし、そういう楽しい遊戯をするに足るほど、私たちの生涯は長くない。それにまた、ふたりの作者のうち六十三歳も若い作者の成長に、分析や批判、賞賛あるいは非難によって影響を与えるかもしれないことは、結局適当でないだろう。彼は、事情によってはなお何かになりうるが、老人はどうにもならないからである。

小がらす

　またバーデンに湯治にくることになっても、私は意外なことを覚悟することなんか、とっくにしなくなっていた。金いろの壁の家の最後の部分が建てふさがれ、美しい温泉公園が工場の建物になってしまう日が、いつかくるだろう。しかし私はもうそんな日には会わないだろう。さてこんどは、エネット温泉への醜い傾いた橋の上で、奇妙な魅惑的な意外なことが私を待ち受けていた。温泉ホテルから数歩しか離れていない橋の上で、私は毎日、パンの切れをかもめにやって、数分間無心な喜びを楽しむことにしている。かもめはいつの時刻にもいるわけではない。いるとしても、いつでも話しかけられるわけではない。時刻によってかもめは長い列をなして市営温泉の屋根にとまり、橋を見まもり、通行人のひとりが立ちどまって、パンをポケットから出し、投げてくれるのを待っている。かもめの中でも若くて身軽なのは、パンのかけらを高く投げてもらうのを喜び、じっとしていられるあいだは、パンをくれる人の頭の上にじっと浮んでいる。パンをやる人は、一羽一羽をよく見て、できるだけどれもが餌《え》にあたるようにしてやることができる。そうすると、気が遠くなるほど騒々しい音と、ちらちらする光に包まれ、活発な命のうずまく、やかましい群れに取り囲まれ、小《お》やみなく短いかん高いわめき声を発する灰白色のはばたく雲の中に立って、せがまれ催促される。しかしいつでも、もっと慎重な、軽快でないかもめの一群がいる。彼らは、騒々しさから遠く離れて、のんびりと低く、激しく流れるリマト川の上をぐるぐるまわっている。そこは静かだが、そこにも、上のほうでせり合う身軽なかもめたちの見すごした、パンのかけらが落ちてくる。――ここにかもめのまったく見えない時刻もある。修学旅行か団体旅行か遠足でもしたのか、リマト川のずっと下流で特に餌が豊富に与えられるのか、いずれにしてもかもめはこぞって姿を消してしまう。そうかと思うと、かもめの群れはいることはいるが、屋根の上にとまりもせず、餌をやる人の頭上にひしめきもせず、少し川下で水面のすぐ上に仰々しく興奮して群がって騒いでいる時刻がある。そんな時はさし招いてもパンを投げてもだめで、彼らはそれを見むきもせず、鳥の遊びにせわしい。あるいは人間の遊びをしているのかもしれない。国民大会とか、乱闘とか、投票とか、取引きとか、そんなことをしているのかもしれない。何をしているのか、だれにわかろう。うまい物をかごにいっぱい持って来ても、彼らの人さわがせな仰々しい仕事や遊戯をやめてくるように、誘うことはできないだろう。

こんど私が橋へやって行くと、手すりに黒い鳥がとまっていた。ごく小さいからだつきのからすだった。私が近よっても、飛び立たないので、私はだんだんゆっくりと一歩一歩小きざみにしのびよった。からすは恐れも不信さえも注意ぶかさや好奇心さえも示さず、私が半歩のところまで近づくのを許し、生き生きした鳥の目で私をじろじろ見て、しかもふりの頭を横に寝かした。「これ、ご老人、驚いてますね!」と言いたげだった。私は実際驚いた。この小がらすは人間とのつき合いに慣れていた。人々は彼と話をすることができた。彼を知っている人が数人通りかかって、「やあ、ヤコプ」とあいさつした。私はつとめてみんなに根掘り葉掘り尋ねたので、ヤコプについていろいろな知識を得た。ところがそれはみんないくらかずれていた。この鳥の家はどこどこで、どうしてこんなに人間と親しくなったのか、という肝心な問いに対する答えは、ついに得られなかった。ある人は、この鳥は慣らされており、エネット温泉のある婦人のものだ、と言った。またある人は、この鳥は好きなところを自由に飛びまわっていて、あいた窓からへやの中に飛びこんで、何か食べられるものをつついたり、そこらにある編物をぼろぼろにむしってしまったりする、と言った。ある外国人は、明らかに鳥類通だが、これは珍しい小がらすの一種で、自分の知っているところでは、フリブルクの山の中にだけ現われるもので、そこの岩の中に住んでいると、確認した。

それから、私は小がらすヤコプに、ある時はひとりで、ある時は妻といっしょに、毎日のように会って、あいさつし、話をした。ある時、妻は、おもての革に切れ目のはいっている意匠のくつをはいていた。その穴からくつ下の一部がちらちらしていた。このくつと、特にくつ下の小さい島の形を、ヤコプはひどくおもしろがった。彼は地面におりて、きらきら光る目でねらい、熱心に中をつついた。私はたびたび彼を腕と肩にとまらせた。彼は私のオーバーやえりの中や、ほおや背首をつつき、帽子のふちを引っぱった。彼はパンをありがたがらないが、人が彼のいる前でかもめにパンを分けてやると、焼きもちをやいて、ほんとに腹を立てることがよくある。くるみや落花生は受けつける。くれる人の手からそれをたくみについばむ。何かをつつき、むしり、小さくし、砕くことが好きで、片足でその上に立ち、口ばしで勢いよくじれったそうにむちゃくちゃにこまぎれにする。しわくちゃになった紙とか、葉巻きのすいさしとか、厚紙や布切れなどをそうするのである。それはただ彼自身のためだけにするのではなく、見物人のためでもあることが、察しられる。彼はいつだって身辺に数人の見物人を集めている。おおぜい集めていることもしばしばだ。彼は見物人の前で地面や橋の手すりの上をはねて行ったり来たりし、人だかりを喜び、見物人のひとりの頭や肩にばたばたと飛びあがったかと思うと、また地面におりて、私たちのくつをじろじろ見つめ、力をこめて中をつつく。つついたり、むしったり、引っぱったり、砕いたりすることが、おもしろいのだ。いたずら小僧のように悦に入ってやっているのだが、見物人も一役かっているわけだ。見物人は感心し、笑い、わめき声をあげ、彼の好意的なしわざに気をよくしたふうをし、それからまたくつ下や帽子や手をつつかれたら、驚いて見せなければならない。

かもめは彼より二倍も大きく、数倍も強いのだが、彼はかもめを少しもこわがらない。彼はかもめのまっただ中を高く飛びあがる。かもめたちは彼に何もしはしない。一つには、小がらすはパンに手を出さないから、彼らにとって競争相手でも遊戯の妨害者でもないからだし、また私の思うに、かもめたちにとっても彼は一つの見ものであり、珍しいもの、なぞめいたもの、いくらか無気味なものだからである。彼はひとりぼっちで、どんな群れにも属さず、どんな道徳にも命令にも法則にも従わない。彼も小がらす族の中でたくさんの中の一羽だったが、それを離れて、彼に目を見はり、ささげ物をする人間の群れに近づいたのだ。彼は気に入れば、人間の群れのために道化役を演じ、綱渡りのサービスをする。そして人間を小ばかにし、しかも人間からいくら感心されても満足しない。白いかもめや色とりどりの人間の間に、彼は黒く、ずぶとく、ひとりぽっちとまっている。同類は彼一羽で、運命によってか、彼自身の意志によってか、同族も故郷もない。無遠慮に鋭い目つきでとまっており、橋の上の人通りを見張っている。気をとめないで通り過ぎる人はごくまれで、大多数の人がひと時彼ゆえに立ちどまる。長いあいだ立ちどまることもたびたびだ。そして彼に目を見はり、彼のことでさんざん頭をひねり、彼をヤコプと呼び、ようやくためらいながら先へ行く決心をする。彼は、小がらすにふさわしい程度以上に人間のことを真剣にとりはしないが、やはり人間がいなくては困るようだ。

ごくまれにしか起らないことだが、私は、彼とふたりだけでいる時には、少し話をすることができた。少年時代と青年時代にうちのオウムと幾年も親しくまじわって覚えたり、くふうしたりした鳥のことばで、のどを鳴らしたひびきを伴う旋律的な音の連続から成り立っていた。私がヤコプの方にからだをかがめて、半ば鳥の方言で兄弟らしい調子で話しかけると、彼はきれいな頭をうしろにそらせて、喜んで聞き、彼なりにいろいろ考えていたが、不意に、彼の中にいるいたずら者と小悪魔が表面に現われてきて、私の肩に飛び乗り、しっかりつかまって、きつつきのようなたたき方をして、口びるで私の首やほおをこつこつとたたくので、私はもうたくさんになって、さっとからだを引くと、彼は私と向い合って手すりにとまり、おもしろがって、新たな遊戯をする身がまえをした。同時に彼は両がわに向ってすばしこい目つきで歩道をちらりちらりと見る。新しい人の群れがやってこないか、新たな勝利が得られないかと、うかがうのだ。彼は自分の境遇を、われわれ無器用な大きな動物に対する力を、まったく別な無格好な人間の群れのただ中で自分が唯一《ゆいいつ》の選良であることを、よく知っていた。綱渡り師であり役者である彼は、自分のまわりが、感心し感動し笑う巨人でぎっしり詰り暗くなるのを、大いに楽しんでいた。少なくとも私に対しては、私が彼を好くようになり、彼を訪ねて来て、彼の姿を見ないと、がっかりして悲しがるようにさせてしまった。私は、同じ人間の多数に対してよりもこの小がらすに対して、より強い興味をいだいた。私はかもめをとてもすばらしいと思い、かもめたちに取り巻かれる時、その美しい野生的な激しい生命の表現を好んだが、かもめは群れであり、集団であって、個々のものではなかった。よく見ると、かもめたちの一羽を一個のものとして観察し感心することができたけれど、一度視野を離れてしまうと、二度と識別することは決してできなかった。

ヤコプがどういうふうにして彼の群れと無名の存在の安全さとから離れたのか、彼の異常な、はなやかであるが悲劇的でもある運命をみずから選んだのか、強制的に受けたのか、私はついに知るにはいたらないだろう。おそらく後者であろう。察するに、彼はごく幼いころ、たぶん傷つくか、まだ飛べないうちに巣から落ちるかして、人間に見つけられ、連れて帰られ、手当を受け、育てられたのだろう。しかしわれわれの空想は必ずしも、そうかもしれないことで満足せず、途方もないことや感動をそそるようなことを好んでもてあそぶものである。それで私も、右記のようなそうかもしれない可能性のほかに、なお二つの別な可能性を考え出した。このヤコプは天才であって、早くから異常な度合いの個性化と個別化を欲求して、小がらすの群れの生活が知らないような行為と成功と名誉を夢みていたこと、そのため彼がはぐれ者となり、孤行者になったこと、彼がシラーの描いた青年のように兄弟たちの野育ちの群れをのがれて、独り迷い、しまいに何らかの幸運な偶然によって美と芸術と名声との国への入口を開かれたこと、それ以来若い天才はみなそれを夢みるようになったこと、そういうことも考えられた。少なくとも空想された。

私の考え出した別な話はしかし次のようであった。ヤコプはやくざ者で、横着者で、腕白者だった。だからといって天才的でないとは決して言えない。彼にも父母兄弟、親類があったが、結局、彼の大胆な思いつきや、いたずらで、一族ないしは定住地のものたち全体を初めはあきれさせ、時々は喜ばせ、早くからもうたいへんなやつ、抜けめないやつで通っていたが、だんだん厚かましくなって、しまいには父の家や隣近所や一族や評議員会をひどく怒らせ、自分の敵にしてしまったので、彼はおごそかに追放の宣告を下されて、仲間から追っ払われ、罪を負わされた羊のように荒野にかり出された。しかし飢《かつ》えて死なないうちに、人間に会い、無骨な巨人に対する自然の恐怖に打ち勝って、彼らに近づき、仲間になり、元気な性質と、早くから自覚していた独特さで巨人たちを魅惑し、都会と人間の世界にはいりこみ、その中に道化師として役者として見世物として神童として割りこむようになった。こうして彼は今日のような存在に、多数の群衆にかわいがられるものに、特に年輩の婦人や紳士にちやほやされる魅惑者に、人間の友と同時に人間の敵に、舞台で独白する芸人に、無骨な巨人たちには未知なよその世界の使者に、ある人々にとっては道化役に、他の人々にとってはなぞめいた警告になった。笑われ、拍手され、愛され、感心され、同情され、皆にとっては芝居になり、ものを考える人々にとっては問題となった。

私たち、ものを考える人間は——そういう人はもちろん私のほかにもなおたくさんいる——しかし、考えや推測や、知る営みや創作する営みを、ヤコプのなぞの素姓や過去に向けるだけではない。空想を強くかきたてる彼の様子は、彼の未来にもいろいろの観察をささげるように、私たちを強いる。だが、私たちはそれをする時、ためらい、そうすまいとする悲しい気持をいだくのである。私たちがかわいがっているヤコプの、臆測《おくそく》される、起りえそうな最期《さいご》は、無残な最期であるからだ。彼のために自然な平和な死を、たとえば彼の飼い主だと称されるエネット温泉の伝説的な婦人のあたたかいへやで、その世話を受けて死ぬ、というような場合を心に描き出そうといくら試みてみても、そうなりそうにはどうしても思えない。自由と野生とから、同族の共同生活から人間と文明の中に舞いこんだ動物は、たとえどんなに天分をもって別の環境に順応しようとも、また自分の独特な身分の有利な状況を天才的に心得ていようとも、その状況は無数の危険をひそめているので、その危険を脱することは至難であろう。そういう危険、たとえば、電流に触れることから、ねこや犬のいるへやに閉じこめられたり、むごい少年につかまっていじめられることにいたるまで、さまざまの危険を想像しはじめると、ぞっとするのである。

　年ごとに王さまを選んだりくじで決めたりした原始時代の民族についての報告がある。そこでは、きれいであるが名もない、貧しい、どれいであるかもしれない青年が、突然豪華な衣服を着せられ、王さまの位につけられ、陛下の宮殿あるいは華麗なテントに迎えられた。まめに仕える召使たちや、美しい侍女たちや、料理場や、酒倉や、馬小屋や、楽隊など、王位や権力や富や豪華さに関するおとぎ話が、選ばれた者にとってことごとく現実となった。新しい支配者はこうしてはなやかな日を、週を、月を暮した。一年がめぐるまで。一年たつと、彼は縛られ、処刑場へ引かれて行き、血祭りにあげられた。

数十年前に読んだことのあるこの話が確かであるかどうか、私は検討したいとも思わず、検討する機会もなかったが、ヤコブを観察するごとに、私はよく、すばらしくて残酷な、おとぎ話のように美しくて死ぬほど陶酔的なこの話を思い出さずにはいられなかった。ヤコプが婦人の手から落花生をついばんだり、無遠慮な子どもを口ばしでたたいてたしなめたり、私がオウム流におしゃべりするのに興味を持っていくらか愛想よく耳を傾けたり、見とれている見物人の群れを前に、丸められた紙くずを足のつめでつかみ、強情な頭と逆立つ灰いろの頭の毛とで、怒りと満足を同時に表現する様子を示しながら、それをむしったりするのを、観察するごとに。

マウルブロン神学校生

マウルブロンの修道院には、ほぼ百五十年この方シュワーベンの少年が給費生として起居し、新教の神学者になるべく、ラテン語、ヘブライ語、古典的ギリシャ語と新約聖書のギリシャ語を教えられている。少年たちの勉強べやは、美しい、主として人文主義的な名をつけられている。たとえば、フォルムとか、アテネとか、スパルタとか呼ばれる。その一つはヘラスと呼ばれている。ヘラスのへやには両壁に沿って小さい間隔をおいて、十二ぐらいの勉強机がならんでいる。それで神学校生たちは宿題をしたり、作文を書いたりし、字引や文法書をそこに立てておく。両親や姉妹の写真を立てておくこともある。机のふたの下には、学校の帳面と共に、友だちや両親の手紙、愛読書、集めた鉱物、母親から送られた食べ物などが、しまわれる。そういう食べ物は、時々下着類の小包といっしょにとどいて、味気ないお八つにうるおいを添える。糖菓のつぼとか、長持ちのする腸詰とか、はちみつのビンとか、燻製品《くんせいひん》などである。縦の壁のまん中あたりに、ガラス入りのわくの中に、ヘラス室の象徴である比喩《ひゆ》的古典的な理想の女性の絵がかかっていた。その下の机のそばに、一九一〇年ころ、アルフレートという名の少年が立ったり、腰かけたりしていた。シュワルツワルトの教師のむす子で、十五歳だった。ひそかに詩を作っていたが、おもてむきは、すばらしいドイツ語の作文で評判だった。彼の作文は模範として級の復習教師によってたびたび朗読された。しかしアルフレートは、若い詩人が往々そうであるように、いろいろな変り者らしい特徴や習慣で、人目についたり、きらわれたりした。朝、起きる時は、彼の寝室でたいていいちばん最後に寝床から引っぱり出された。彼の唯一《ゆいいつ》のスポーツは読書だった。からかわれると、それに答えるのに、彼は辛辣《しんらつ》にあざけったり、むっとして沈黙して、自分のからに閉じこもったりした。

彼がいちばん愛読し、ほとんどそらでおぼえていた本の中に長編小説『車輪の下』もあった。頭から禁止されていたわけではないが、学校当局からあまりいい本とはされていなかった。この本の著者も、かつて約二十年前マウルブロンの神学校生でヘラス室の住人だったことを、アルフレートは知っていた。この著者の詩も彼は知っていて、その足跡をたどり、俗人どもからは邪推される有名な作家、詩人になろうと、ひそかに考えていた。もっとも、『車輪の下』の著者は昔この修道院とヘラス室に非常に長くいたわけではなかった。彼はとび出してしまって、困難な歳月に打ち勝ってやっと、意志を通し、いわゆる自由な作家になったのだった。さてアルフレートは、臆《おく》病《びょう》からにせよ、両親への顧慮からにせよ、まだそんな不安定なところへとび出しはせず、神学校生であり続けたし、たぶん心ならずもなお神学を勉強することだろうが、いつかは、彼が世の中に長編小説や詩を贈る日が、今日彼を見そこなった人々に高尚な復讐《ふくしゅう》をする日がくることだろう。

さてある午後、「自習時間」のあいだにこの生徒は机のふたを高くあげて、この宝庫の中をさがして何かを求めていた。そこには、うちから来たはちみつの小さいつぼのほかに、彼の叙情詩その他の原稿が隠されていた。彼は夢みるような気分で、インキまたは鉛筆で書かれたり、ナイフで刻みこまれたりしていた、この机の以前の利用者の名を調べ始めた。Hという字で始まっている名ばかりだった。すべてのへやを通じて生徒の席順はアルファベット順になっていたからである。まん中へんの机は数十年間いつも、Hで始まる名の生徒に使われていた。その中には、功績の多いオットー・ハルトマンや、今日修道院でギリシャ語と歴史の教授をしているあのヴィルヘルム・ヘッカーもいた。ごちゃごちゃに書かれている古い記念の文字をぼんやり見つめているうち、彼は不意にはっとした。そこに、机のふたの白っぽい木に無器用なインキの筆跡で、彼の知っている、尊敬している名が書かれていたのだ。彼が愛唱詩人と模範に選んだ例の詩人の、Hで始まる名だった。では、ここで、まさしく彼の、アルフレートの机で、あの注目すべき人はかつて愛唱詩人を読み、叙情詩の試作を書いたのだ。この仕切りにラテン語やギリシャ語の字引を、ホメロスやリヴィウスをならべていたのだ。ここに彼はうずくまって、将来の計画をそれからそれへと考えたのだ。ここから彼はある日あの遠出をしたのだ。そして聞き伝えによると、翌日いなかの巡査につかまって連れもどされたのだった！　すばらしいことではなかったか。それは前兆、運命の目くばせのようではなかったか。お前も詩人だ、何か特別なもの、むずかしいものだが、貴重なものだ、お前も召されているのだ、お前もいつかは若い後継者たちの星や模範になるだろう、と言ってはいなかったか！

アルフレートは沈黙の時間の終るのが待ちきれないくらいだった。鐘が鳴った。たちまち、静かなへやは騒々しくざわつきだした。叫び声、大きな笑い声、机のふたをしめる音。アルフレートは待ちかねたように、いつもはほとんど何か事を共にしたことのない隣の生徒を目くばせで呼んだ。相手がすぐにやってこなかったので、彼は興奮して「おい、来たまえ、君に見せなきゃならないものがあるんだ」とどなった。相手はおちつきはらって近よって来た。アルフレートは感激して、自分の発見した記念の名を示した。二十年前ここに住んでいた人で、マウルブロン修道院では、まったく独特な、激しい論争の的になった名声の持ち主の名だった。

しかしその同級生は詩人でも夢想家でもなかった。それに隣席の生徒の空想癖には慣れっこになっていた。彼は無感動で、相手の人さし指の示す文字を見てから、そっぽを向き、一種あざけりのあわれみをもって、「なんだ、その名は君が自分で書いたんじゃないか」とだけ言った。アルフレートはあおくなりながらわきを向いた。突っぱなされたことに、むかっ腹を立てると同時に、発見したものを自分ひとりのものにしておくことができないで、人もあろうにこのテーオドルなんかに見せずにはいられなかった自分自身に、むかっ腹を立てた。理解されなかったのだ。人間は別な領域に生きているもので、ひとりぼっちなのだ。長いあいだ、恨みと幻滅に彼は悩み続けた。アルフレートのマウルブロンにおける行動や悩みについてはそれ以上何も知られていない。彼の作文や詩も保存されていない。しかし、彼のその後の生活の経過については大体わかっている。彼は二つの神学校を卒業したが、チュービンゲンの大学寮の入寮試験には通らなかった。母親のために、熱意は持たずに神学を勉強し、志願兵として第一次大戦に出征し、下士官として帰還したが、ついぞ教会の勤務にはつかなかったらしく、商人の仕事に向った。一九三三年には、あの大熱狂を共にせず、ヒトラー一味に抵抗し、逮捕され、屈辱的な迫害を受けたらしい。放免されてから、彼は神経の破壊に苦しみ、無造作に精神病院に入れられた。そこから身うちのものはそれきり何のたよりも受けず、一九三九年簡単な死亡通知を受け取っただけだった。昔の神学校同級生も、チュービンゲン大学の盟友も、もうひとりも彼とつながりがなかった。——しかし、それにもかかわらず彼は忘れられてはいない。

偶然なことで、ほかならぬあのテーオドル、すなわちマウルブロンの同室生で隣席にいたテーオドルが、アルフレートの失敗した生活と悲惨な最期《さいご》の悲しい話を聞いたのだった。そしてアルフレートの愛読した詩人であり、模範であった、『車輪の下』の著者が、まだ生きていて、文通することができたので、テーオドルは、ここには多少ともつぐないをする余地がある、何らかの形でどこかにこの不幸な男の記憶と、かの詩人に対する青年らしい愛が生き続けるようにしなければならない、という切実な感情をいだいた。彼は机に向って、記憶もされぬくらい前にアルフレートの先輩としてヘラス室のあの机に席を持っていたH・H氏に、哀れなマウルブロンの同級生の話をしるした長い手紙を書いた。彼は彼の話に対し老詩人の心を強く引くことに成功した。それで詩人は、神学校生アルフレートの消息がなおしばらく生き続けるようにと、この報告をつづった。なぜなら、保存し、維持し、無常と忘却に対し抗議することは、とりわけ詩人の任務に属するからである。

祖父のこと

一八三三年の詩、ヘルマン・グンデルト作
（父の五十回めの誕生日に、母の死後まもなく）

夕べとなるのを、
太陽が昼間の仕事に疲れて沈むのを、
雲が周囲に暗い影を引くのを、
星が夜の静寂に微光を落すのを、
私は嘆くべきか。

今おん身は外を歩む、
しおれた秋の最初の黄葉の間を、
寒い夜にいためられたわずかな黄葉の間を通って。
しかし、丘ではおん身をめぐって

やわらかいぶどう酒が沸き立っている。
熟する果実は母の力をむさぼり吸う。
花もまだ子どもらしく満足して活気づく。
なごやかな星が感謝をこめて
うなずきながらあいさつする、
花やぶどうのつるや葉や実に、
それを楽しんでいるまじめな人間の顔に、
穂を揺すりながら納屋《なや》へうめきつつ行く車に。

それは自由な神の世界の情景だが、
色とりどりの現象をなして変化する。
ただ一つのものだけが絶えず私のもとに戻ってくる。
そういうものをとらえる人間の目だけが。

おん身は、母の胸に夢みる花ではなかったか。
命の夏の熟する実ではなかったか。

ぶどうの力と滋味をためしてもらうように、
しぼってくれる人を待つ、沸き立つぶどうではないか。

おん身はまた、ひからびたうねの上の穂でもあろう。
兄弟が刈り取られて行くのを見、
自分の身近なものを未知の小屋へ運ぶ馬を見ると、
苦痛に身をかがめる穂でもあろう。

だが、おん身は無常な地上の誕生から
永遠の空を見あげる。
そして一枚の葉が夕べの風に吹かれて、
しおれた髪の上にしおれて落ちると、
おん身は風や雲をかえりみず、
疲れた枝を通して、輝く星の光をうかがう。
昼間が終ったからだ。

昼のあいだ、青年の燃える力は山の頂に立って、
無限な霊のために太陽となることを誓った。
今は、夕べとなり、深くくぼんだ下界には
命の太陽がおおわれているのを、青年は見る。
彼はひたすら星に等しくなり、
永遠に太陽を見、太陽にならって輝くことを、
天の星ときそうことを願う。

おん身はおん身の世紀の入口に立つ。
ここにおん身の泣いた揺りかごがあり、
かしこにおん身を待つ世界がある。
完成された神々は天上にあって
ひとしお楽しい活動に向ってさし招き、
使命を託されたものは地上にあって
誠実に努力しつつよろめいている。

右手を高くあげよ。
おん身がかつて永遠の愛人に与えた右手を。
戦いの試練を経た人が最後の歩みを助けるように!

しかし、左手と、怠らず見張る目と、
愛の思いの炎とは、
年よわき巡礼者たちのために残しておくように!

私の祖父ヘルマン・グンデルトはこの詩を十九歳の学生として書いた。それは、たぶん自分の内心をきよめる試みであると同時に、やもめとなった父を慰めることばでもあった。素養のある人なら、この詩の中で表現を求めているのが、ヘーゲルとインドに影響されているがヘルダーリンにも親しんでいる精神だということを、容易に見ぬく。天分のあるこの詩の作者は、その後こういう詩をもはや書かなかった。この若々しく天才的な詩句は、彼の生涯の最も激しくかき乱され危険に陥った時期に、この青年の決定的な改宗の直前にできた。その改宗の結果、熱烈な汎神論者《はんしんろんしゃ》は今後一生を異教徒に対する伝道にささげる決心をしたのであった。

祖父の詩を私は母の手による古い写しで持っていたが、マールバッハのシラー博物館の求めに応じてそこにゆだねてしまった。それが偶然また私の手にもどった。ちょうど私は、その目に見える美しさにも、潜在的な流れにも、不安な秘密にも感じやすくなっていた時だった。また読んでみて、私は非常に強い印象を受けたので、このささやかな貴重品を救おう、と決心した。それを印刷してグンデルトの子孫に送ったところ、彼らはそれに対してていねいにお礼を言いはしたが、むしろいぶかしがって頭を振っていた。ふうがわりな贈物をどうしたらよいのか、よくわからなかったのだ。他の受取り人の多数も、それを敬意をもって受け入れたが、感動は受けなかった。青年らしい詩人のことばの力にも、そのことばの燃えている隠れた魂の火にも心を動かされなかったのだ。しかしそのうち、他の声が私のところへ押しよせて来た。それは最初の小さな失望を圧倒するほどだった。あの詩にほんとに呼びかけられ、心を引かれたのは、ドクトル・リュッケンドルフだった。二十年前に私と私の精神的宗教的血統について最初のドクトル論文の一つを書いた人だ。一九五二年二月の彼の手紙から引用しよう。

「……あのころあなたに関する論文を書き、大胆至極にもあなたの作品を種類と血統に従って分類した時、――今日では、どこからあの大それた勇気が出たのか、自分でもわかりません――このヘルマン・グンデルトは初めから特別な人、変った人と思われ、断片的にでなく、もっとよく知りたいと思いました。天才的な感激と目的をめざして努力する粘り強さとのこの混合が、さらにまた神秘的なベンガルの光にひたされました。私はそのなぞをいろいろと解いてみようとし、あなたにもそなわっているたくさんの特殊な性質の源泉を繰返しそこに求めました。一八三三年のこの詩を通してグンデルトとこのように不思議な再会のできたのを、私はたいそう幸福に思いました。いろいろな点で、このめぐり合いは私にとって、私たちも私たちの時代をいつもただ騒々しい声によって、そこに誇示されている絶叫やいっさいの無責任な態度によってだけで判断してはならない、という慰めとなりました。その人がらと、百年前この若い精神から発した深い静かな作用は、今日まで失われずにおります。彼があなたの祖父でなかったら、私たちはそれを知るにいたらなかったでしょう。――しかしそれにもかかわらず、それはすべて存在したでしょう。たしかに今日でもそういうヘルマン・グンデルトのような人物はやはり生きています――顕著な人物で、その生活の円を充実させれば、それでよいのですが、しかも大きな名声をにない、それに耐える力を持っているような人物です。そういう力は一国民の中に内在し続けている、この時代は絶望をしきりに促すけれど、結局私たちはやはり絶望してはならない、と私は考えます」

この美しい手紙の筆者は、断編に終った私の小さい作品で、すなわち祖父が仮装の形ではあるが、私に及ぼした重大さの点でまったく忠実に描かれている『魔術師の幼年時代』で、祖父グンデルトが一つの役割を演じているのを、知っているかどうか、私にはわからない。それは『夢のあと』という本にのっている。祖父が死んだ時、私は十六歳だったが、賢い、おそろしく博学であったにかかわらず、すこぶる人間通であったこの老人と親しんだばかりでなく、物質上の窮屈さと精神的な偉大さとの奇妙にまじったシュワーベンの世界からの余韻と、信心ぶかさと神の国への奉仕の下にいくらか隠れているが、非常に活発に生き続けている遺産とにも、この老人を通して私は親しんだ。その遺産は、シュワーベンのラテン語学校や、新教の神学校や、有名なチュービンゲン大学寮において二百年にもわたって維持され、価値ゆたかな伝統で絶えず豊富にされ、ひろげられてきた。これは、ベンゲルやエーティンガーやブルームハルトのようなすぐれた精神と模範的な精神訓練のできた人々の属していたシュワーベンの牧師館や学校の世界だけでなく、ヘルダーリンやヘーゲルやメーリケなどもはぐくまれた世界である。

その世界では、私の祖父の住居でと同様、パイプの煙とコーヒーと古い書物と乾燥植物標本のにおいがした。この神学的に色づけられてはいるが、敬虔《けいけん》主義のどんな方向をも、過激な自由信仰主義にいたるまで排除しない精神世界は、年々この州のラテン語学校生の英才を受け入れるので、ここには幾世代にもわたって、顕著な独創的な独特な人物の群れが生じた。その各々《おのおの》が、みずから中心や恒星にはならないとしても、それらの星の一つの友人仲間や生活仲間に属し、手記や書簡往復や肖像をのこし、むす子や弟子をこの伝統の中にまた送りこんだので、多かれ少なかれ精神的な方向をもった生活が、ここにはドイツの他のどの地方にも見られないほど、豊富にあふれるほど集まった。

こうして私は祖父グンデルトにおいて、また彼を通して、地方的に色づけられているが、最高の域に達する精神文化と親しんだ。それはまったく独特な特徴、独特なことば、独特で時としては気まぐれな用語を持っていた。それは祖父の中で、数十年のインド生活によっても、多くの言語で維持された国際的関係や友情によっても、フランス語を話しカルヴァン派的に育てられた南方スイス婦人との結婚によっても、一度も中断されたことのないインド学研究によっても希薄にされたり、変質されたりしはしなかった。

私にとっていちばんなまなましくまた貴重な祖父の思い出は、次のようなものである。私はまだ十五歳にもなりきっておらず、マウルブロン修道院神学校の生徒として、大学寮へ、学問へ、牧師職へ、あるいはシュワーベンの文学界へ通じる段階のいちばん下の段の一つにいた。そして、私の生徒生活の最もひどい危機にぶつかり、ほとんどつぐなうことのできない、不可解な、自分と信望のあった一家に屈辱を重ねるような罪を犯したのだった。つまり、私は逃げ出して、まる一日森の中を捜索され、警察にとどけられた。野宿した時は十度の寒さで、あやうく死にかけた。病室と監禁室から放免された後、休暇でうちへ帰った。まだ神学校から最後的に放免退学させられてしまったわけではなかったが、私の勉強の進路はほとんど絶望的危機に陥った。犯罪人として敵として取り扱われること、特に親類の者の側からそうされることより、私にとってもっとたまらなかったのは、おそらく、気味の悪い、ひょっとしたら伝染性の病気にとりつかれた人間のように、寛大さと当惑した不安をもって取り扱われることだった。故郷に着いてからまず第一に顔出ししなければならなかったところの一つは、そしていちばん重大で、いちばん私にとってにが手だったところは、敬愛しているが、目前すこぶる恐ろしいおじいさんのところだった。私の両親がこの顔出しに大いに期待して、徹底的に私を追及し、私の犯罪の大きさと予測される結果を私に対し明白にするよう、尊敬するおじいさんに頼みこんだことは、疑う余地がなかった。おじいさんのところへ、なつかしい古い家にはいり、高いところにある日あたりのよい書斎まで階段をあがって行くのは、法廷へ行く罪人の歩みだった。大きな控え室には、いつものように、数百、数千の本があった。その時すでにそれは私を強く引きつけた。のちに私はその中の多くを読むことになった。ここは薄暗くひっそりと静かだった。たった一つの窓から、うしろの家の壁が太陽に照らされて明るく光っているのが見えた。屋根裏べやの窓の大きな暗い穴が見えた。その上に、たきぎをなわで引きあげるための小さい滑車が、いくらか傾いて、擦りへらされてぶらさがっていた。壁柱のいちばん下の仕切りにある一つ折り判の本の灰いろのおごそかな列、雑誌の長い列の色あせた標題の間の精確に規則的な間隔、背革の金文字の微光、そういうすべてのものが、運命の時と考えられた今、一見私をおさえつける超現実性と重大さを持っていた。すべてが秩序と清潔さと合法性の世界を語っていた。しかも私はその世界から遠ざかり迷う宿命的な第一歩をすでに踏み出していたのだ。その一歩のゆえにこそ、私はここで責任を負わなければならなかった。

こうして私はびくびくしながら神聖な場所にはいり、パイプの煙と紙とインキのにおいをかぎ、いろいろなことばの本や雑誌や原稿でおおわれたテーブルの上に、太陽の光がたわむれているのを見た。私の向いには、日のさす窓のがわを背にして、老人が日光の透きとおっているタバコの煙に包まれて、古い安楽いすにすわっており、書きものからゆっくり顔を起した。私は小声であいさつし、手をさし出した。尋問と判決と断罪を覚悟して。——祖父は、実にたくさんのことばのできる上品な口で、広い白いひげの中から微笑した。それ以上に淡青色の目で微笑した。それでもう私のおびえた緊張はゆるんだ。ここで私を待っているのは、判決でも罰でもなく、理解と老人の知恵と老人の寛容と、いくらかのあざけりといたずらだ、と私は感じた。その時、彼は口を開いて言った。「そうか、お前かい、ヘルマン？　お前はこないだ天才旅行をやったそうだな」

「天才旅行」——たっぷり五十年も前、チュービンゲンの大学生の間では、思いあがりや反抗心、あるいはまた絶望から企てられた特殊の脱線や冒険を、そう呼んでいた。幾年か後になって初めて私は、昔祖父も、キリスト者として学者として有名なあの人も、そういう天才的所業をおかすような危険な雰囲気にしばらく生きていたことを知った。私を見た瞬間、祖父はおそらく自分の青春の燃える危険な時期を思い出したのだろう。その時期は彼と身近な友人たちによって、若々しい天才的な高調した感情と自殺的な絶望との間の雷雨の電光の中ですごされたのだ。まさにそういう時期に、彼はあの詩を書いた。できてから百二十年後に、私はそれをまた明るみに出したわけだ。

ほかならぬこの詩に対してパリのドイツ文学者がこのごろ次のように書いてきた。「ヘルマン・グンデルトの詩を私がどんなに珍重するかを言いたかっただけです。しっかりした幹にからんでいる、きゃしゃなつたかずらの類です。それで家族の伝統の意義がわかる点でも、それは私にとって重要なのです。家族の伝統は重荷になりますが、危険なこんがらがりを乗り越える時には、切り抜けて行く助けにもなります。私はそのことをアルベルト・シュワイツァーの場合で研究することができました。たぶんあなたもごぞんじと思いますが、J・P・サルトルはシュワイツァーのおいの子、つまりシュワイツァーのパリ生れのおじの孫なのです。このおじはドイツ文学者で、ハンス・ザックス研究者でした。しまいには、彼自身白いひげと無骨なユーモアとでまったくハンス・ザックスに似ていました。そういう教師兼牧師の祖先を持っていたからこそ、サルトルはきっと虚無主義をあえてしても危険に陥ることがないのです。それに引きかえ、彼の信奉者はたいていそういう援護部隊を背後に持たないので、しばしば破滅します……」

私はとっくに幾人もの孫を持ち、私の祖父のあの年齢に大体達したが、祖父が敬虔主義の伝道者の世界で今も忘れられていないだけでなく、もっと広く感化を及ぼし続けているのを知るのは、私にとって独特な喜びと満足である。もちろん祖父はそんなことに微笑するだけだろうが。——彼自身後にはもはや忘れており、思い出そうともしなかっただろうが、昔はやはりヘルダーリンやヘーゲルやメーリケの道を歩き、きれいに切ったがちょうの羽のペンで『魔笛』のピアノ抜粋曲を写したり、詩を作ったりし、時としては天才旅行をあえてしたのだった。

秋の体験

今年は（七十五歳の祝いの行われた年）私にとって贈物とお祝いと心を打つ体験とにあふれた、しかし同時にわずらいと仕事にあふれた一年だったが、この年の、比類のない夏も、終りごろになって、たいそう愛想のよい、いつくしみ深い、朗らかな気分をいくらか失い始め、憂鬱《ゆううつ》とふきげんと不快との発作に襲われた。それぱかりか、早くも生きることに飽き、死ぬ覚悟をさえ促された。夜、輝くばかりの星空をながめて床にはいったのに、朝は薄い灰いろの疲れ病んだ光に迎えられることが珍しくなかった。テラスはぬれており、しめっぽい寒さが流れ出ていた。空は、形のないたるんだ雲を深く谷の中まで垂らし、今にもざあっと大雨を降らしそうな様子だった。さっきまで充実安定した夏の気配を呼吸していた世界は、不安ににがく秋と腐敗と死とのにおいを放った。森は、そしていつもならこの季節には日に焼けてこげた黄いろになっている草の斜面さえ、依然として変らぬ緑を保っていたけれど。——まだまだ元気でたのもしかった晩夏が病気になり、疲れて、むら気を起し、シュワーベン人の言い方をすれば、へそを曲げたのである。だが、まだ生きてはいる。たるんで、投げやりに、ふきげんになると、たいてい必ずそのあと、抵抗して、はなやかに輝き、美しかった一昨日にもどろうとするのだった。こういうふうによみがえる日には——たいていは数時間しか続かなかったのだが——特別な、心を動かす、不安なと言いたいような美しさがあった。夏と秋、力と疲れ、生きる意志と弱さ、そういうものが微妙にまじっている輝かしい九月の微笑があった。そうした夏の老いの美しさが、緩慢に、呼吸の間をおいて、衰弱の間をおいて、戦いながら光を放つ日も少なくなかった。そして異常に澄んだやさしい光が、ためらいがちに地平線と山の頂を征服した。夕方には、世界と空がおちついた静かな朗らかさに包まれて、冷たくさえわたり、晴れる日の続くことを約束した。ところが、一夜のうちに何もかもなくなってしまった。朝になると、風が重い雨の尾を水のしたたる山野の上に引きずって行った。夕方の朗らかな多望な微笑は忘れられ、におわしい色彩はぬぐい去られ、明るい勇敢さと勝利者の心は、昨日の戦いの後で、改めて消え、疲れの中に没し去っていた。

天候のこういう動揺と異常に常軌を逸した急変とを、私が不信と多少の不安をもって観察したのは、単に私のためだけではなかった。そういう天候の襲来に脅《おび》やかされ、しばらくのあいだ屋内に閉じこめられることを覚悟させられたのは、私の日常生活だけではなかった。ある重大なできごとが迫っていたので、そのために空が快くいくらかあたたかいことが、いやが上にも好ましく思われたのだ。つまりシュワーベンから親しい旧友が訪ねてくることになっていたのである。この来訪は、もういくども延期されたのだが、いよいよ数日中に実現の運びになった。友人が私の客になりたいと言うのは、ただ一晩だけのことだったが、到着と滞在と出発が不快な暗い天気の際に行われるのは、私にとって損失を意味しただろう。それで私は天候の病気と回復と不安定な浮沈を、憂慮をもってながめていた。妻の長い不在中私の相手をしていたむす子は、林とぶどう山の仕事を手伝ってくれた。私は家で日々の仕事をし、期待されるお客のために贈物をさがし出すこともした。晩はむす子に、待たれている客について、私たちの友情について、彼の国で識者から最上の伝統の継承者として具現者として、またすぐれた精神のひとりとして尊敬され愛されている友人の人となりと活動について、少し話して聞かせた。私の知っているかぎりではもう数十年来南国に来たことのない旧友オットー、したがって私の家も庭も低い湖水を見おろす見はらしも見たことのない彼が、これらのすべてを、こごえながら、雨の日のしめっぽく陰気な光のもとで見るとしたら、どんなに残念なことだったろう！　しかし、また別な考えがひそかに私の心を占め、悩ました。それは特に気づまりな恥ずかしい考えだった。つまり、私の青年時代の友人は、初めは弁護士で、それからある市の市長になり、ついでしばらく官吏になり、やがて隠退し、重要なものも含めてあらゆる名誉職を背負わされているというわけだが、非常にらくな境遇とか、ぜいたくな境遇とかに暮したことはついぞなく、ヒトラー支配のもとでは、統制に服さない役人として、大きな家族をかかえて飢餓の時代を味わい、それから戦争、爆撃、家と家財の喪失に会ったが、勇敢に明朗にスパルタ的な寡欲《かよく》な生活に満足してきた。――そういう彼には、私が戦争をまぬがれて、広く快い家に、仕事べやを二つも持って、召使を置き、事欠いてもさして困らないもので彼には昔ふうのぜいたくのように思われるかもしれないいろいろな安楽さを享楽《きょうらく》しているのが、どう受け取られるだろうか、という考えだった。たしかに彼は私の生活についてかなり心得ていたし、私がこういう快適なものと、おそらくはぜいたくなもののすべてを、長い不自由ののちに、苦しい断念をして、手に入れるか、贈られるかしたものだ、ということを知っていた。それにもかかわらず、私の裕福さはもちろん、たぶん私の友人たちの中でいちばん純粋な友である彼に、ねたましさを呼び起すことはありえないとしても、やはり結局彼は、私の所で見いだすすべてのもの、私には必要だと思えても実は余計であり不必要であるいっさいのものに対し、かすかな笑いを抑えつけずにはいられないだろう。人生は人におかしな道を歩ませるものだ。かつて私は、貧乏でずぼんのすそをすり切らせていたので、いろいろな支障や困難を経験した。今は所有と快適さを恥じなければならなかった。最初の亡命者や避難者に宿を提供した時に、それは始まった。

私たちふたりがいつどこで初めて知り合ったかを、私はむす子に話して聞かせた。六十一年前、あの時も九月だった。私たちは母の手からマウルブロンの修道院に生徒として引き渡された。そのことはかつて私の本の一つに書いたが、シュワーベンではよく知られた儀式だった。そこでオットーは私の同級生になったが、まだ友だちにはならなかった。友だちづきあいは、のちに再会した時に始まったことである。感傷的ではないが、堅い、心からの友情が生じた。友は文学に対し直接な強い関係を持っていた。学問のある洗練された父からすでに受けつぎ、終生それをはぐくみ培《つちか》ってきた。それが、いつまでも共通の思い出によって結ばれている作家の作品と人格に対して豊かな理解を持たせた。私にとってこの友は感嘆に値し、時としてはまたうらやむべき人であった。郷土と民族気質にしっかり根をおろしていて、それが、それでなくてもどっしりとおちついた人となりに、私には欠けている安定した広い基礎を与えていたからである。彼はあらゆる国家主義から遠く離れ、愛国的な虚勢や大言壮語に対しおそらく私以上に敏感であったが、郷国シュワーベンや、その風土や、歴史や、言語や、文学や、言いならされたことばや慣習を完全に身につけていた。自然に受けついだものとして始まったこと、つまり、郷土の気質の神秘や、成長と生活の法則や、病気や危険にも親しんでいることが、数十年のあいだに経験と研究によって、雄弁な愛国家からも往々うらやまれるような知識になっていた。いずれにしても、局外者である私にとって、彼は最上のシュワーベン気質の化身であった。

こうしてとうとう彼はやって来た。再会のお祝いが行われた。このまえ会った時からほんの少し年をとり、動作もいくらか緩慢になっていたが、その以前の時もいつもそうだったが、私と同じ年とは言え、年のわりには驚くほど元気に力強く見えた。きたえられた徒歩旅行者の足でがっしり立っていた。いつものことだが、私は彼とならぶと、自分がむしろ吹けばとぶように弱々しく思われた。彼は客としての贈物を持たずにはやって来なかった。シュワーベンにいる私の親類の使者として重い包みを携えて来た。それには、保存されているかぎり、一八七〇年ころから一九四八年まで私の姉アデーレにあてて私の書いた手紙が全部はいっていた。それで彼は、対談のうちに過去を呼びもどす可能性ばかりでなく、凝結された記録された過去のいっぱい詰ったトランクをも、そっくり持って来てくれたのだった。私が彼のために用意しておいた贈物は、今はまったくつまらなく思われたのだが、彼が到着した瞬間から、私はもう恥ずかしさは何も感ぜずに、朗らかに、やましい思いをいだかずに、家の中を案内した。私たちは互いに喜び合った。彼は旅行気分を楽しんでいた。お客と共に私の家には少年時代と青春のふるさとの一片が舞いこんで来た。すぐ翌朝出発するという彼の意向を、思いとどまらすことができた。彼は出発を一日延ばすことに同意した。彼はうちとけていんぎんな老紳士として私のむす子とまじわった。七十五歳にもなって、新しい知合いのできることを、重荷ではなくて、刺激になる喜びとしているようだった。マルチンも特別な値打ちのある人と親しめるのだと感じた。彼はいくども、私たちが家の前で話し合っている時など、しのびよってふたりをカメラに収めた。

この報告を書きとめて読んでもらおうと思っている人々の中には、私ほど年をとっている人はごく少数しかいない。その人たちの大部分には、老人が特に青春の生活の場所と情景から離れて生涯を送った場合、青年時代の現実を証明するようなもの、たとえば古い家具や、色あせかけている写真や、手紙などが老人にとってどういう意味を持ちうるかが、わからない。手紙の筆跡や紙をふたたび見ただけでも、過去の生活の宝庫がすっかり開かれ、照らされるのである。また古い手紙に発見するあだ名やうちとけた表現は、今日ではもうだれにもわからないだろう。その調子や内容を明らかにするには、われわれ自身でも、まずささやかな快い努力を払わなければならないのである。だが、遠い時代のそういう記録よりも、かつて君といっしょに少年であり青年であって、とっくに葬《ほうむ》られた先生を知っており、君が失ってしまった先生の思い出を保存している人が今も生きているとして、その人に再会したとしたら、それはずっと多くのことを、はるかにずっと多くのことを意味する。私たちは、同級生と私は、互いに顔を見合う。互いに白い頭髪と、しわだらけでいくらかこわばったまぶたの下の疲れた目を見るだけでなく、今日の背後に当時を見る。ふたりの老人が話し合っているだけでなく、神学校生オットーが神学校生ヘルマンと話し合っている。めいめい、その上に積み重ねられたたくさんの年々の下に、今なお十四歳の仲間を見、あのころの少年の声を聞き、相手が学校のベンチに腰かけて、顔をしかめるのを見る。髪をなびかせ、目を光らせて、まり遊びや、競走をしているのを見る。まだ子どもらしい顔に、精神と美とに早く触れた時の感激と感動と傾倒の最初の朝の光を認める。

ついでながら、人間がしばしば年をとって、若いころ持たなかったような、歴史に対する感覚を得るのは、体験と忍苦の数十年を経過するあいだに人間の顔と精神に積まれた多くの層を知ることにもとづいている。根本において、必ずしも意識されてはいないが、老人はみな歴史的に考える。少年に似つかわしいいちばん表面の層に、老人は満足しない。老人とて、いちばん表面の層を無視しようとも消し去ろうとも思いはしないが、その下に、それあって初めて現在に十分な値打ちが与えられるような体験の層の系列をも認めることを欲するのである。

さて、私たちの最初の晩はほんとのお祝いだった。青春の思い出が語られたばかりでなく、マウルブロンの仲間の生活や健康状態や、その中で最近死んだ者についての報告にとどまらず、シュワーベンのことやドイツのこと、郷国の文化生活や、著名な同時代人の行為や苦しみなどについて、一般的な性質の対話と表白に及んだ。しかし、私たちの対話は概して朗らかだった。きわめて厳粛なことについても、むしろ遊戯的に、距離をおいて話された。われわれ老人にとっては、現実的な事がらに対して距離をおくことが自然であり、健康にもよい。しかし、私のような隠者にとっては、それはやはり異例な興奮であった。私たちはいつもより長く食卓にとどまった。三時間も話をしたり、話を聞いたりした、昔のふるさとからのあいさつにあたためられ、思い出のやぶの中に深く誘いこまれた。私は、今夜は眠れないだろうと予感した。はたしてそれは思い違いではなかった。しかし、美しい体験を私のやり方でつぐなう気持に喜んでなれた。ただ翌朝私はからだのぐあいが悪く疲れていたので、むす子がまめに愛想《あいそ》よくそばについていてくれるのがうれしかった。友人はいつものように元気でゆったりしていた。彼が病気だったり、神経質だったり、ふきげんだったり、げっそり疲れたりしているのを、私はついぞ見たことがない。私は朝のうちじっと引っこんでいて、粉薬を飲んだ。お昼からはまた感受力が出てきた。天気は朗らかだった。私はお客を私たちの丘を一周するドライヴに誘うことができた。彼がたいそう元気で、ぐっすり眠って何でも受け入れる力をもって私とならんですわっているのに、私は恥ずかしさを感じもせねば、うらやましさをそそられもしなかった。それどころか、私にもそれは快かった。安らかさと古代的な不動心の気配がこの好ましい人を包んでいた。それを私は進んで感謝の心をもって認め、自分の心に作用させた。だが、私たちふたりが気質や体質や天分の点で非常に異なっているのは、なんと良いこと、美しいこと、適当なことだったろう。というより、私たちがめいめいその持ち前にそむかず、天性あたえられたものになったのは、なんと美しいことだったろう！　つまり、ひとりは、文学と学問に強い趣味を持ちながら、おちついた疲れを知らぬ役人になり、ひとりは、神経質で、あまりに疲れやすいが、しんは粘り強い文士になった。せんじつめたところ、私たち両人はめいめい、自分に望みうること、世間に対して果すべきことを、大体なしとげ実現した。オットーの一生のほうがより幸福だったかもしれない。しかし、「幸福」について私たちふたりはたいしてせんさくをしなかった。いずれにしてもそれは私たちの努力の目標ではなかった。

一つの点で私のほうが彼よりいくらか先んじていた。私は彼より三か月年上で、七十五年めの誕生日の記念の祝いを終えていた。無事にすませて、お礼も述べてしまった。祝典に私自身出席することは、理解ある主催者によって終始免除された。律儀《りちぎ》なシュワーベン人である友人は、それを前にひかえていて、私のように免除されるわけにいかなかった。近いうちに彼はお祝いの過労にさらされねばならなかった。それは決して小さい疲労ではないだろう。いろいろな表彰が彼を待ちかまえていた。私からの記念の贈物も、もう彼のためにシュツットガルトの友人の手に託されていた。小さい画帳だが。——疑いもなく、彼は目前に迫っていることを私よりうまく処理するだろう。儀式や改まったあいさつや表彰に、彼は品位をもっていんぎんにのぞむことを心得ているだろう。百ぺんもの握手やお辞儀に念入りにこたえるだろう。彼は脚光をあびても私のようにあぶなっかしくは立たなかった。また彼にとって「よく世に隠れたる者はよく生活したりしなり」という賢明なことばは生活の標語にはならなかった。彼は、多くの人に知られた人物であった。おそらくナチスのほかにもなお敵を持ち、しばしば戦いを切り抜けねばならなかった。その彼は今、終始かわらず働くことをいとわなかった生涯の夕べにのぞんで、識者にとってシュワーベンの精神の欠くべからざる代表者のひとりになっていた。私たちは、迫っている名誉の日については話さなかったが、郷国の文化生活の諸施設について十分話し合った。それは困難な時期に彼の協力によって決定的にささえられたのだった。いや、救われたのだった。私たちの妻についても少し話し、最近病気になっていた彼の妻のこと、数週間来当然とってしかるべき休暇をとって無上のあこがれに従ってイタカ、クレタ、サモスを訪れていた私の妻のことをしのびもした。

二日めの最後の晩も完全に朗らかでなごやかだった。過去の宝庫から新しく発見されたものがたくさんあり、友人の経験から良いことばがいつもくみとられた。彼は実に良心的で、ことばを愛することがあまりに厚かったので、ことばたくみな漫談家にはなれなかったが、骨を折らずに話した。ただゆっくりと、慎重にことばを選んで話した。やがて、予定より遅く私たちは互いに別れを告げた。朝のうち、私の一日がまだほんとに始まらない時刻に彼は旅立とうとした。私のむす子が気をつけてお伴をした。別れる時、私たちは微笑し合ったが、ふたりが考えていたことについては、つまり「これがいよいよ最後かもしれない」ということは、一言《ひとこと》も言わなかった。私は、彼のおみやげである手紙の厚い包みを寝室に持ってあがったが、その晩のうちにあけてはみなかった。その代り、友の姿を自分の心に焼きつけておこうと努め、彼の勇敢な辛抱強い騎士的な生活を、なお一時間もそれ以上もじっくり思い返した。

彼の生活は、困難な運命の時にあたっていたにもかかわらず、私の生活より静かに波乱なく経過した。私の生活は彼のに比べれば、調子が気まぐれで飛躍的で突飛だった。きっと私たちは、いろいろな問題について、特に政治上の問題について、ある時期には今日ほど完全に自由に冷静に発言することはできなかっただろう。しかし、ずいぶん異なった道で、ずいぶん異なった歩き方をしてきたにもかかわらず、私たちは晩年には、おちついた観察の境地に到達した。それで互いに、むずかしいことや困ったことについても、腹蔵なく、誤解されたり、相手を怒らせたりすることを恐れずに、自分の考えを述べることができる。結局はめいめい相手の考えを確認しているのである。これがまれな場合、幸福な偶然であるかどうか、知合いの中に、こんな調子で、緩徐調で対話できる人がほかにもたくさんいるかどうか。無益な問いだ――何はともあれ、晩年になって、生活が緊張から安定を、意義深い解決をめざす時になって、他の人とこのような協和音を体験するというのは、ありがたいことだった。私にとって、客と共にしたこの日は、収穫であり、お祝いであった。彼にとってもそうであったと思う。

このごろになって、私は昼すぎの横になる時間に、古い手紙を読み始めた。マウルブロンの時代にまではさかのぼらなかったけれど、チュービンゲンとバーゼルの青年時代に及んだ。それで、友人と共に消えた若いころへの橋の補充として、自分自身の手紙をたよりに、しばしのあいだあの時代を呼び起すことが、いつもできるわけである。それから私は毎日食後十五分か半時間、一八九〇年代の手紙を読んですごした。そこには、ゲーテやオシアンやC・F・マイヤーの読後感が述べてあった。突然チュービンゲン時代のへやが現われてきた。雑誌や目録から切り抜いて、壁紙を惜しいと思わず、ビョウでとめた肖像が壁にたくさんはられていた。詩人や音楽家の肖像で私の手にはいるものは、全部その中にあった。いちばんりっぱなのは、ショパンの大きな肖像だった。ふちの広い写真凸版で、私は三マルクも奮発したものだった。当時としては大金だった。有名な人の顔の間に、大小のパイプが入念に対称的にならべてさげてあった。頭部に彩色の絵のかかれている一本のほうは、立ったまま吸っても、末端がゆかにとどいた。また突然、塗られていない白木の立ち机が現われた。これらの手紙の多数を私は立ったままその机で書いたのだった。机を見た瞬間から、あのころの自分の筆跡がまた親しみぶかくなった。私の筆跡はチュービンゲン時代、習字講習の影響で急にひどく変った。習字講習には、ものを書く時におきる指のけいれんがそれでなおるという期待もあったが、私の店主、書籍商ゾンネワルトの希望、あるいは命令によって、数週間かよった。主人の姿も、店員仲間たちの姿も、数人のチュービンゲン大学の教授の姿も、私があがめた少女たちの姿も、はっきりと思い浮べられるようになった。シュウェルツロホへ凝乳《ぎようにゆう》を飲みに行った夕方の散歩、ネッカー河畔の並木みちの夜の散歩、ロイトリンゲンやハウフの物語のリヒテンシュタイン城への日曜旅行、当時の友人や飲み仲間なども浮んできた。もっとも、オットーはその中にはいなかった。彼との友情はのちになって始まった。『ラウシャー』の中で語られているチュービンゲンの友人サークルの大部分は、今日なお生きているが、そのうちのふたりと気楽なつながりを保っているだけである。

いよいよ秋らしくなって、雨の日はいよいよ陰気になり、晴れた日はいよいよ寒くなった。多くの山の頂にはもう雪が積っていた。客が旅立ったあとの日曜日は特によい天気だった。私たちはワリス地方の山々の見える高みにドライヴした。たいていの村のまわりでは人々がまだぶどう摘みにせわしく働いていた。私たちは色どり豊かな情景を喜び、友人が私たちとこの日を味わえればよかったのに、と思った。遠い山なみの青い色と金いろと白とを、この大気のすみきった晴朗さを、ぶどうの段々畑の中でぶどう摘む人々のにぎやかな群れを。

道すがら友のことをしのんでいたその時刻に、友は死んだ。

彼は無事に楽しくうちに帰ったのだった。幾たりもの友だちに、私の妹にもはがきでモンタニョーラを訪れたことを語り、私には帰宅したことを知らせた。そしてすぐまた職務の一つにせわしく働いた。そして、私たちが異例に高貴な光と色彩の微光に恵まれたあの午後、彼は死んだ。ごく短い不快ののちに、さからいもせずに。——翌朝もう私は、墓前で述べることばを私に求める電報でそれを知り、まもなく彼の夫人の簡単な手紙によって知った。文面にはこうあった。「昨日の日曜日二時に、夫は思いがけず、苦しみもなく死にました。夫はあなたの所をお訪ねして友情と愛を味わうことができました。それに対してお礼を申したいと存じます。今も心やさしく夫をしのんでくださいますよう」

ほんとに私は心をあげて彼をしのんでいる。彼を失ったことは大きな苦痛ではあるけれど、何よりも、生前すでに多くの定評ある良い人々からたびたび模範と見なされた人のこの死は、私には賛嘆すべき模範と思われた。最後の日まで責任と忠実な仕事を果し、病床につくこともなく、一言の嘆きもなく、同情や配慮を訴えることもなく、簡素に静かに穏やかに死んだだけだった。悲しみはどんなに深かろうと、納得せずにはいられない死に方だった。勇敢な奉仕の生活を穏やかに終らせる死だった。おそらく自分自身の疲れを知らなかった友に、世俗のわずらいや、数日後の記念の祝いに伴う緊張を親切に免じてやった死であった。

自分の生涯にせよ、ひとの生涯にせよ、すべて回顧は秋らしい。思い出にふけるのはすべて秋らしい。すべて歴史は秋らしい。弱い力でもって、重い支障のもとで、私はこの数ページを書いた。察するに、重要なこととつまらないことがさぞかし雑然とならんでいるだろう。私はそれを判断することができない。これは作品でも文学でもない。独白的な手記にすぎないが、私自身のためのものではない。私はこんなものを必要としないだろう。数人の友だちと、私のなつかしい同級生の友だちたちのためのものである。彼が休息につく前に、ひと時、私を訪れ、私の食卓につき、ふるさとのあいさつと贈物を持って来てくれたこと、彼が日常の生活と職務を離れて話し合った最後の人がたぶん私であったこと、彼がもう一度友情と親しさ、彼から発するおちつきとあたたかさと朗らかさを私に贈ってくれたことは、ありがたい恵みであった。この体験がなかったら、私はおそらく、彼の最後を理解することができなかっただろう。あるいは、「理解する」というのはあまりにたいへんなことばであるから、ことばを換えれば、それをそのまま良いこと、正しいこと、調和を保った鳴りおさめとして受け入れ、心の中におちつかせることができなかっただろう。彼の他の友人たちもああいうぐあいに行くように！　そして私たちが彼を必要とする時には、友人たちにも私にも、彼の姿、人となり、生涯、最後が、慰めとなり、励ましの手本となるように！

エンガディーンの体験

愛する友人諸君。

長いあいだ骨を折っていればいるほど、ことばをもってする仕事というものは、いよいよ困難になり、疑問になります。すでにこの理由だけから、私はやがて何かを書きとめることがもうできなくなるでしょう。そういうわけで、皆さんにエンガディーンの体験について語る前に、私たちは「体験」ということばのもとに何を理解するか、その点についてまず意見を一致させておかねばならないでしょう。このことばは、他の非常に多くのことばと同様、私の自覚した生活の相対的に短い時間のあいだに価値と重みを大いに失ってしまいました。たとえばディルタイの著作の中でそれがかつて持っていたような黄金の重みから、実はたぶん何もかもよく忠実に見も書きとめもしないくせに、いかにエジプトやシチリアやクヌート・ハムズンや女流舞踊家を体験したかを物語る雑文家によって、このことばが価値を失うにいたるまで、長い下落の道をたどってきました。しかし、自分の願いに従い、文字と印刷インキとの回り道を経てみなさんに話しかける試みをしようとすれば、私は少し目をつぶって、自分の古くさくなったことばや文体だって依然としてまだ皆さんにとっても私にとってと同様に通用するのだ、「体験」ということばは皆さんにとっても私にとってと同様、はかない感覚の印象、あるいは日常生活の凡百の偶然の中の任意な偶然などより以上のものだという、かってな前提を維持するよう、努力するほかはありません。

老人の体験の仕方というものは、ことばや私の手仕事とは何のかかわりもない、何か別なものです。この点で私は何の仮構も幻想もあえてしてはならないし、しようとも思いません。もっと若い年齢、あるいは青春の年齢の人は、老人の体験の仕方について全然理解を持たない、という事実を知っていることに私は固執します。というのは、老人には所詮《しょせん》新しい体験はもはや存在せず、老人は、第一次的な体験について彼らに適応したものや運命として定められたものを、とっくにあてがわれてしまっているからです。彼らの新しい経験は、だんだんまれになって、いくどか、あるいはたびたび経験されたものの反復であり、とっくに外見上できあがっている絵の上塗りにすぎません。それは、古い体験の手持ちの上に、新しい薄い絵の具またはニスの層をかぶせるだけです。過去の十枚の層の上に、百枚の層の上に、一枚の層をかぶせるだけです。しかもなおそれはある新しいものを意味します。なるほど第一次的ではありませんが、真の体験だからです。なぜならそれは、とりわけ、そのつど自分にめぐり会い、自分を検討することになるからです。海を初めて見る人、またはフィガロを初めて聞く人は、それを十度めまたは五十度めに見たり聞いたりする人とは、別なものを、たいていはずっと激しいものを体験します。十度めまたは五十度めに見聞する人は、海や音楽に対して、別な、それほど活発ではないが、経験を積んで鋭さを加えた目や耳やを持っています。そういう人は、その人にもはや新しくはない印象を、別な人とは異なった形でずっと繊細に受け入れるばかりでなく、再体験に際し、その以前のことにまためぐり会うのです。すでに知っている海やフィガロを新しい形で再経験するばかりでなく、自分自身に、もっと若かったころの自分に、初期のさまざまな生活段階にも、体験のわくの中で再会するのです。微笑をもってするか、嘲笑《ちょうしょう》をもってするか、優越感をもってするか、感動をもってするか、赤面をもってするか、喜びをもってするか、後悔をもってするかは、問題でありません。一般に、体験する人が以前の体験の形式や体験そのものに対して、優越感よりは感動あるいは赤面に傾くのは、老齢にふさわしいことです。特に、創造的な人間、芸術家にあっては、人生の最後の段階で、生涯の盛りのころの精力や強さや充実に再会すると、「ああ、自分はあのころなんと弱く愚かだったことだろう！」という感じを喚起されることは、ごくまれで、反対に、「ああ、あのころの力がなおいくらかでも残っていたら！」という願いを喚起されることでしょう。

私に定められた、私にふさわしい、大切な体験に数えられるものに、人間的な体験と精神的な体験についで、風景の体験もあります。私の故郷であり、私の生活を形成する要素となった風景、すなわちシュワルツワルト、バーゼル、ボーデン湖、ベルン、テッシンなどのほかに、非常に多くはないがいくらかの特徴のある風景を、旅行やさすらいや絵の試みや他の研究によって自分のものにし、自分にとって本質的で指標となるものとして体験しました。たとえば上部イタリア、それから特にトスカナ、地中海、ドイツの諸部分などです。私はたくさんの風景を見ました。たいていどれもみな気に入りました。しかし、宿命的に私にあてがわれ、深く持続的に私の心を引き、しだいに小さい第二の郷国にまでなったものは、ごく少数しかありません。それらの風景の中で、最も美しく、最も強い印象を与えるのは、上部エンガディーンでしょう。

この高地の谷間に私は十回くらい行ったことがあるでしょう。数回はほんの数日間でしたが、数週間いたこともしばしばです。初めてそこを見たのは、かれこれ五十年も前です。当時私は若い夫として妻と青春の友フィンクと共にベルギュンの上のプレダで休暇をすごしました。帰る時になると、私たちはなお思い切った徒歩旅行をする決心をしました。下のベルギュンで、くつ屋が私のくつの裏に新しいくぎを打ってくれました。私たちは三人でリュックを背負い、アルブラ川を越え、長い美しい山街道を歩き、それからもっとずっと長い谷間の街道をポンテからサン・モーリッツへ行きました。国道で、自動車こそ通っていませんでしたが、一頭立てと二頭立ての小さい馬車が限りもなくたくさん、もうもうと続く砂煙の中を走っていました。サン・モーリッツで私の妻は別れて、鉄道でうちへ帰りました。それから私の友だちは高い所がからだに合わなくて夜も眠れず、だんだん無口にふきげんになって行きましたが、私は砂ぼこりと暑熱にもかかわらず、いちばん高いイン河の谷間から夢に見た楽園のように迎えられました。この山々や湖水、この木と花の世界は、初めて見た時に十分に受け入れ、自分のものにすることのできるより以上に、私に向って語るべきものを持っていると、いつかまた私をここに引きもどすだろうと、また、実にきびしくてしかも形の変化に富んでいる、厳粛でしかも調和のとれた高地の谷は、私に縁がある、何か価値ゆたかなものを私に与えるか、何かを私から要求するにちがいないと、私は感じました。ジルス・マリアで（きょうまたそこに滞在し、この覚え書を書いているのですが）一泊したのち、私たちは、数あるエンガディーンの湖水の最後の湖のほとりに立ちました。私は、旅に疲れた友人に、目を開いて、湖ごしにマロヤとベルゲルの方をのぞみ、その光景がどんなにたぐいなく高貴で美しいかを見るように促しましたが、むだでした。むだなことでした。彼はおこって、腕を伸ばし、雄大な谷間を示しながら、「ああ、あれが何だい、ごくありふれた書割りの効果にすぎんじゃないか」と言いました。そこで私は、彼はマロヤへ向って国道を行くように勧め、自分は湖の反対がわの小道をとりました。夕方、オステリア・ヴェッキオの高台で私たちはめいめい互いにずっと離れてひとりで小さい食卓につき、簡単な食事をしました。翌朝やっとふたりは仲なおりをし、ベルゲル街道の近道を楽しくかけおりました。

二回めは、数年後ジルスで私のベルリンの出版者S・フィッシャーと落ち合うためで、ほんの二、三日のことでした。私は、近年毎夏おとずれるホテルに客として泊りました。この二度めの滞在はわずかな印象しか残しませんでしたが、それでも、アルツール・ホリッチャー夫妻と楽しい一夜を共にしたことをおぼえています。あの時はお互いに話すことがたくさんあったものです。

それからなお、もひとつ体験したことがありました。見たものと言ったほうがよいでしょうが、それ以来再会するごとに私にとって高価になり、大切になり、心を動かすのでした。それは、岩壁にぴったりくっついている、いくらか陰気な家で、ニーチェがエンガディーンの宿としていた所です。にぎやかで多彩なスポーツや観光客の世界や大きなホテルのただ中に、その家は今日も、強情に立っており、吐き気でも催したようにいくらかふきげんに見おろしながら、畏敬《いけい》と同情を呼びさまし、かの隠者が異端の説においてさえも樹立した高い人間像を切実に想起させます。

その後、エンガディーンをふたたび見ることなく、歳月が過ぎました。私のベルン時代、悲しい戦争時代でした。一九一七年の初め、私は、戦時中の仕事のためと、それ以上に戦争の不幸そのもののために病気になって、医者からやかましく保養を命ぜられた時、シュワーベン生れの友人がサン・モーリッツの上の療養所にいて、そこへ私を招いてくれました。冬も冬、戦争三年めのきびしい冬でした。私は、その谷と、そこの美しさ、きびしさ、癒《い》やし慰める力を新しい面から知りました。ふたたび眠ることを、食欲をもって食べることをおぼえました。昼間はスキーやスケートですごし、少したつと、また談話や音楽に耐えられるように、少しは仕事さえできるようになりました。時にはひとりでスキーをつけて、まだケーブルカーのついていなかったコルヴィリア小屋へ登りました。上にいる人間といえば、たいてい私ひとりでした。一九一七年の二月、私はまたサン・モーリッツで忘れがたい朝を体験しました。何か用事があって、郵便局前広場に行くと、局の建物の前におびただしい人が集まっていました が、局の中から毛皮の帽子をかぶった男が出て来て、着いたばかりの号外を大声で読みあげ始めました。人々は彼のまわりにつめかけました。私も彼の方にかけよりました。聞きとれた最初の文章は「ロシア皇帝が退いた」というのでした。ロシアの二月革命の報知だったのです。あれ以来私は百度もサン・モーリッツを車や徒歩で通りましたが、あの場所で、一九一七年の二月革命を、とっくにもうひとりも生きていない当時の友人やホテルの主人たちを思い出さぬことは、まれです。短い患者生活と回復期生活ののちにシャンタレラの平和の中で朗読者の声が威嚇《いかく》しつつ警告しつつ私を現在と世界史の中に呼びもどした時に、私の感じた心中のあの衝撃を、思い出さぬことは、まれです。この地方ではどこへ行ってもそのとおりです。どこへ行っても、往時と、かつて同じ景色を見た私自身の顔と本性とが私を見つめるのです。八月の暑熱をおかしてリュックサックを楽しく幾キロも背負って歩いた三十歳未満の男に出会うのです。また、十二歳年とった男に出会うのです。それはきびしい危機に、戦争の苦しみのため目をさまされ、責めさいなまれ、老《ふ》けて、この高地で、保養と元気回復と新しい自覚との短い休息を見いだした男でした。それからまた、なつかしい高地の谷をかさねて見た、その後の年齢層の私に出会うのです。トーマス・マンの末の令嬢のスキー友だちだった私、その間に架設されたコルヴィリア・ケーブルの定期券所持者で、情け知らずの友人ルイとその賢いダックスフント犬をよく道連れにした私、夜しずかに『ゴルトムント』の原稿に向って仕事をした私など。――ああ回想と忘却のなんと不思議なリズムが私の魂の中でかなでられることでしょう！　近代心理学の方法と理論をいくらか知っている人にとっては、そのリズムはなんと不思議で、心を不安にすると同時に幸福にすることでしょう！　忘れることができるというのは、なんと良いこと、慰めになることでしょう！　また記憶という天賦《てんぷ》を持っているのは、なんと良いこと、慰めになることでしょう！　私たちはだれでも、記憶に保存されていることを知っており、それを使用します。しかし、だれも、忘れてしまったことが巨大な混沌《こんとん》のようにあるのを、いちいち知ってはいません。時折、幾年か幾十年かたってから、発掘された宝か、百姓によってすき起された弾丸のように、忘れてしまったこと、不必要なためか消化できないため押しのけられてしまったことの断片が、ふたたび表面に現われてきます。そういう瞬間（『ゴルトムント』ではそういう重大な瞬間が描かれています）には、私たちの記憶の在庫品をなしている多くのもの、貴重なもの、みごとなものが、一塊のちりのように見えます。私たちはそれによって生きています。私たち詩人や知識人は記憶を大いに尊重します。それは私たちの資本です。

——しかし、忘れてしまったものや投げ捨ててしまったものの意識下から、そういうように私たちに襲いかかってくるものがあると、その新発見物は、好ましいにせよ、好ましくないにせよ、いつでも、大切にはぐくまれている記憶にはひそんでいない重みと力を持っているものです。放浪や世界征服への衝動、新しいことや、まだ起っていないことや、旅行や異国情緒への渇望《かつぼう》は、空想力のある人ならたいてい若い時代には身におぼえのあることですが、それはまた忘却への渇望、過去のことが私たちの重圧になると、それを排除したい、できるだけ多くの新しい情景で前に体験した情景をおおいたいという渇望でもあるかもしれないという考え、あるいは推測が、時々私の心に起りました。これに反し、固定した習慣や反復や、同じ地方や人間や環境を繰返し訪ねることを求める老人の好みは、思い出の宝を求める努力、記憶によって保存されているものを確保しようとする飽かぬ欲望なのでしょう。また、この保存された宝をもっとふやしたいという願い、かすかな希望であるかもしれません。あるいはいつかこれやあれやの体験、めぐり会い、忘れられ消えてしまったあれこれの姿や顔をふたたび見いだし、記憶の在庫に加えようとする願いかもしれません。年寄りはみな、みずから気づいていない場合にも、過ぎ去ったもの、一見とりもどしがたいものを求めているものです。それはとりもどしがたく絶対的に過ぎ去ってしまった、とは言えないのです。なぜなら、場合によっては、たとえば、文学によってとりもどし、過去から永久に奪い取ることもできるからです。

過去と新しい形で再会するもひとつの方法は、かつてもっと若い別な姿で知り愛した人に、数十年たってからまた会うことです。松材のへやや滑石の暖炉のあるたいそう美しく快いエンガディーンの家に、かつて私の友人が泊っていました。クリングゾルと親しかった魔術師ユープです。彼は私にたびたび豪勢なごちそうをしてくれ、私を甘やかしました。私はそのころはまだスキーヤーで、コルヴィリア小屋の定連でした。そのころ彼の家で子どもが三人遊んでいました。男の子がふたりに、末の女の子でした。この子は、ひと目でもう気づくのでしたが、両眼がかわいい口より大きいくらいでした。魔術師自身には数十年も会っていませんでした。彼はもはや山を訪れませんでした。ところが、数年前彼の妻にまた行き会いました。そして彼女のもとで、今は成人した子どもたちにも再会しました。ひとりは音楽家、ひとりは大学生で、少女は相かわらず大きな目と小さいかわいい口とで目立ち、特別な美人になっていました。そしてパリの教授について比較文芸学を研究していたので、その教授について感激をもって語りました。友人エドヴィン・フィッシャーが、彼女の母の家で、ある日の午後バッハ、モーツァルト、ベートーヴェンをひいた時も、彼女は居あわせました。この音楽家も、まだごく若いころ、ベルンで私の詩「エリーザベト」を彼自身が作曲したのを聞かせてくれて以来、繰返し、異なった人生の段階で私に会っています。同僚としての友情がそのつど確かめられ強められました。

こういうふうに、再訪するごとに、ここではなつかしい過去が、とりもどしがたいけれど、呼び返しうる過去が、私を迎えたのです。今も迎えるのです。過去によって今日と今日の私とを測るのは、喜びと苦痛をもたらします。楽しますと同時に、恥ずかしい思いをさせます。悲しませるとともに慰めてくれます。かつて徒歩やスキーでいくどもらくらくと登った斜面、今ではそのいちばん小さいのでも私には登れまいと思われる斜面をながめて、エンガディーンの体験の多くを分ちえたでしょうが、もうとっくに墓の中に休らっている友人たちをしのぶことは、いささか心が痛みます。しかし、あの時代と友人たちを談話の中で、あるいはひとりで回想しながら呼び返すこと、（消えた忘れた情景もいつかまた浮んできて、他のすべての情景の光を奪うだろうというかすかな希望をいつも持って）思い出の豊かな絵本をめくることは、喜びです。力が衰え、ささやかな散歩が年ごとに短くなり、重荷になるにつれ、他方では、再訪ごとに、年ごとに、昔の霊を呼び返し回想する喜びは大きくなります。今日体験したことを記憶の複雑な網の中に織りこむ喜びは、ますます多彩になります。それらの思い出の多数に、私の生活の道連れであるニノンがかかわりを持っています。かれこれ三十年前のあのスキーの冬以来、彼女を伴わずにここに登って来たことは一度もありません。魔術師の家での夕べも、S・フィッシャーやワッサーマンやトーマス・

マンとの夕べも、それからまた私のマウルブロン時代の級友オットー・ハルトマンとの二年前のすばらしい再会をも、彼女は共に体験しました。ハルトマンは、私の友人の中でも良いドイツ気質とシュワーベン気質の最も好ましく高貴な代表者です。それは大祭日のようでした。友人は短い休暇の一日を私たちにさいてくれました。私たちは彼を車でマロヤとユリヤ山へ案内しました。八月の高い空の下に山々は透きとおるようにそびえていました。夕方私はつらい思いで彼にごきげんよう、と言いました。しかし、もう一度会えるかもしれないと、控えめに述べられた願いは、実現されました。死ぬ数日まえに彼はもう一度モンタニョーラに私の客となりました。いわば持ちこまれた贈物でした。それについては『秋の体験』という一葉の思い出で皆さんにお話ししました。

さてこの夏も私はまたここにあがって来ました。こんどは新しい道を通って来ました。出発の日にベルゲルで道路が土砂でふさがり、橋がこわれたからです。それまで知らなかった、回り道をとり、ゾンドリオ、チラノ、プシュラフ、ベルニナ峠を経てこなければなりませんでした。遠いけれどたいそう美しい回り道でした。しかしその無数の景色がたちまちごちゃごちゃになって消えてしまいました。いちばん良く残っているのは、無数のひだのある、段々になっている上部イタリアの広いぶどう山の印象でした。もっと若いころならそれほど興味を感じなかった光景です。あのころ私が見たがったのは、人間のいない、手のはいっていない、野趣のある、なるたけロマン的な景色でした。ずっとのちになって初めて、年を重ねるとともに、人間と景色が結びつき、景色に形が与えられ、人間の知恵が景色を出し抜き、耕作やぶどう栽培で平和に征服して行く姿が、だんだん好ましくおもしろくなりました。斜面に密着して形をはっきり示している台地や石垣や道など、自然の暴力の破壊的な荒っぽいしわざやむら気と黙々と粘り強く戦っている百姓の知恵と勤勉さなどがおもしろくなりました。

この山の夏の最初の貴重な出会いは、人間的な音楽的なものでした。もう数年来、私たちのホテルには、チェロ奏者ピエール・フルニエが私たちと同じ時期に夏の客となっていました。多くの人の批評によると、今日その分野の第一人者です。私の印象では、すべてのチェロ奏者の中で最も手堅い人です。練達の点で先輩カザルスと肩をならべ、芸術的な点で、演奏のきびしさと渋さにおいて、演奏曲目の純粋さと非妥協性において、カザルスにむしろまさっています。この曲目に関しては、いついかなる場合でも私はフルニエと一致するというわけではありません。私が断念しても苦痛に感じないような作曲家を、いくらも、彼は好んでひきます。たとえばブラームスなど。しかし、そういう音楽もまったく真剣な、真剣に受け取られるべき音楽です。それに引きかえ、あの有名な老大家はかつて、真剣な純正な音楽と共に、ありとあらゆるきらびやかな大向う受けのする音楽をも演奏しました。さてフルニエ夫妻と令息を、私たちは話に聞いて知っているだけでなく、数年来顔を合わせてよく知っていました。が、数年間互いにそっとし合ってきました。互いに遠くからうなずき合うだけでした。そして、互いに先方が好奇心の強い人々にわずらわされているのを見ると、ひそかに同情し合いました。しかしこんどは、ザマデンの町会議事堂での演奏会ののち、私たちは互いにずっと親しくし合うようになりました。そして彼は、一度私たちのため個人的にひこうと、親切に申し入れてくれました。彼はもうすぐ出発することになっていたので、この室内演奏会はすぐ翌日行われなければなりませんでした。たまたまそれは運の悪い日でした。からだのぐあいが悪くてむかむかする日でした。老齢の見かけ倒しの知恵の段階では、まだ周囲や自分の心の制御されない努力のために起りやすい疲労とふきげんに見舞われた日でした。ほとんど自分を無理じいして私は、午後おそく約束の時間に音楽家のへやを訪れました。顔も洗わずにお祝いの食卓を共にせねばならないかのように、調子の狂った悲しい気持でした。私は出かけて行って、はいり、いすにかけました。名匠は腰かけて調子を合わせました。疲労と失望と、自分や周囲に対する不満との空気に代って、たちまちセバスチアン・バッハの清いきびしい空気が私たちを包みました。高山の谷間の魔力もきょうは私に対しあまりききめを発揮しなかったのですが、そこから私は突然、もっとずっと高い澄んだ透きとおった山の世界へ高められたような気がしました。それはあらゆる感覚を開き、呼び出し、鋭くしてくれました。その日一日じゅうで自分ではできなかったこと、つまり、日常の世界を脱してカスターリエンに向って踏み出すことを、音楽が数瞬間でなしとげてくれました。一時間か一時間半、私はバッハの独奏組曲を聞きながらその部屋にいました。短い休止とわずかな対話で中断されただけです。力強く精確に渋くひかれた音楽は私にとって、飢渇に苦しむ者にとってパンとぶどう酒との持つ味がしました。それは栄養であり、湯あみであり、心に元気をとりもどし、息がつけるようにしてくれました。ドイツの恥辱と戦争の泥沼の中で窒息しながら、脱出と避難のために築いたあの精神の州が、ふたたびその門を開き、厳粛で朗らかな、演奏会のホールでは十分に実現されない祝祭に、私を迎え入れてくれました。私は癒《い》やされて、感謝の念に満ちて、へやを去り、いつまでもその気分をかみしめていました。

昔、同様な理想的な音楽の催しをたびたび体験したことがあります。私は音楽家たちに対しいつも近しい心のこもった関係を保ってき、彼らの中に多くの友人を見いだしました。私が引っこんで暮し、もはや旅行することができなくなってから、そういう幸運の日はもちろんまれになりました。それはそうと、音楽の享受《きょうじゅ》と批判にかけて、私はいろいろな点で注文が多く、時代おくれです。名人上手を相手に、演奏会ホールで育ってきたわけではなく、家庭音楽で育ってきたのです。いちばん楽しいのはいつも、自分がいっしょにすることのできる音楽でした。ヴァイオリンと少し歌うことを少年時代に習って、音楽の国への最初の歩みを踏み出しました。姉妹、特に兄カールはピアノをひきました。カールとテーオはふたりとも歌手でした。ベートーヴェンの奏鳴曲、あるいは、それほど知られていないシューベルトのリートを、ごく若いころ愛好家によって聞くことができると、練達の芸ではなくても、やはりむだではありませんでした。たとえば、カールが長いあいだ隣室で奏鳴曲をものにしようと戦っているのを聞き、しまいに彼がそれをものにすることができると、その戦いの勝利を私も共に体験することができるのでした。のちに、有名な音楽家の演奏会を最初に聞いたころ、たしかにしばらくのあいだ、名人芸の魔力に陶酔したように圧倒されることがよくありました。偉大な名手が、綱やブランコの上の芸人のように、一見微笑しながらくらくらとテクニックをこなしているのを聞くのは、心を奪われるものです。彼らが、やりがいのある個所でちょっとニュアンスを濃厚にしたり、精彩を添えたり、こがれるように音を震わせたり、悲しく消えていく漸弱を添えたりすると、苦痛なくらい甘い味がしました。しかし、そういう魔術にかかることは、あまり長くは続きませんでした。私は十分に健全でしたから、限界を感じとり、感覚的な魔力の背後にまさに作品と精神を求めるようになりました。幻惑させる指揮者や独奏者の精神ではなく、巨匠の精神をです。年とともに私はむしろ、名手の魔術に対し、彼らが作品に加えた甘さや力や情熱がおそらくほんのちょっと多すぎても、過度に敏感になりました。才気に富んだり、夢遊病者的であったりする指揮者や名手を、私はもはや好まなくなり、枝葉にわたらぬ厳正さを貴ぶものになりました。いずれにしても、数十年来、禁欲的な面への誇張を、その反対よりずっとらくに耐えるようになっています。こうした態度と愛好とに、友人フルニエは完全に相応していました。

その後まもなく、サン・モーリッツで開かれたクララ・ハスキルの演奏会の際、愉快な、いやおかしい逸話の伴う、別な音楽体験が私を待ちうけていました。三つのスカルラッティ奏鳴曲を除いては、私が望んだような曲目ばかりだったとはかぎりません。つまり、まったく美しい高貴な曲目ではありましたが、スカルラッティのほかには、私の好きな曲を一つも含んでいなかったのです。「希望する権力」が私に与えられていたら、ベートーヴェンの他の奏鳴曲を二つ選んだでしょう。それから曲目はシューマンの「多彩な小曲集」を約束していました。私は演奏会の始まる直前にニノンにささやきました。「多彩な小曲集」の代りに「森の情景」が私たちを待っていてくれないのは、ほんとに残念だ。このほうが美しい、少なくとも私はずっと好きだ。シューマンの曲の中で、私のいちばん好きな、より小さい曲、「予言者としての小鳥」を、もう一度、あるいは数度聞くことは、私の切なる願いだ、と。――演奏会はたいへん結構でした。私は自分のあまりに個人的な好きこのみと願いとを忘れました。しかし、その夕べはそれ以上になお幸福をもたらしました。盛んな拍手をあびた女流演奏家は、最後に一つアンコールをしてくれました。なんとそれが、ほかならぬ私の好きな「予言者としての小鳥」だったのです。このやさしい神秘的な曲を聞くと、いつもそうなのですが、昔それを初めて聞いた時のことが、また浮んできました。ガイエンホーフェンの家のピアノのある妻のへやが、現われてきたのです。ひいている人の顔と手が現われてきたのです。親しい客で、黒っぽい悲しい目をした、大きなひげのあるあおざめた顔を、深く鍵盤《けんばん》の上にかがめていました。この親しい友、繊細な感覚の音楽家は、その後まもなく自殺しました。彼の娘が今日なお時々私に手紙をくれます。彼女がほとんど知らない父について、なつかしいこと、美しいことを私が語ってやると、彼女は喜んでいます。そういうわけで、どちらかと言えば社交的な聴衆に満ちた会堂で催されたその夕べも、私にとっては、ささやかな記念の式となり、しんみりとした貴重な響きに満ちたものとなりました。私たちは、私たちの生の終りと共に初めて消え沈黙するものをたくさん、長い生涯のあいだ心にいだき続けています。悲しい目をした音楽家が死んでから、かれこれ半世紀にもなります。しかし私にとっては彼は生きており、時には身近にいるのです。「森の情景」の中の小鳥の曲は、年を経てまた聞くと、独特なシューマン的な魔力を越えて、いつも思い出の泉となるのです。ガイエンホーフェンのピアノ室と音楽家とその運命も、そういう思い出の断片にすぎないのです。その中では、なおたくさんの他のひびきが少年時代にまでさかのぼってひびきます。あのころ兄や姉のピアノを聞いて、私は小さいシューマンの曲をいくつも覚えていました。まだ幼年のころ私の目の前に現われたシューマンの最初の肖像も、忘れてはいません。色がついていました。一八八〇年代のもので、今日ならおそらくもう見るに耐えない色刷りでしょう。子どもの遊戯のカードの一枚で、有名な芸術家の肖像やその主要作品を列挙した三人組合せのものでした。シェークスピア、ラファエロ、ディケンズ、ウォルター・スコット、ロングフェローその他も、私にとっては終生あの彩色のカードの顔を持ち続けています。少年や単純な人々のために作られた、芸術家と芸術作品の教養偉人霊殿は、あらゆる時代と文化とを包括する文学と芸術との総合の観念に対する最初の刺激であったかもしれません。それがのちにカスターリエンと『ガラス玉演戯』という名を得るにいたったのです。

私の知っている大河の誕生地の中でいちばん美しい、この高地の谷間へ、私が関係を持つようになってからの数十年のあいだに、もちろん機械化が進み、外客があふれ、投機も盛んになるのを観察することができました。私のテッシンの居住地の周辺における大体同じようなものです。サン・モーリッツは五十年前すでに活発な外客町にほかなりませんでした。かしいだ古い教会の塔はそのころすでに、そのわずかな地面がもっともうかるように利用されるのを待ち、いつでも完全に力の均衡を失ってくつがえることを覚悟して、殺風景な実利的な建物のひしめき合っている上に、悲しく老い衰えて傾いているように見えました。しかし、塔は今日も変らず立っており、ゆうゆうと平衡を保っています。それに引きかえ、一九〇〇年ころの無理な設計をした野蛮な投機的な建物は早くも消えてなくなってしまいました。しかし、サン・モーリッツとジルスの間と遠くフェックスの谷の中まで、大きくない場所のいたるところに、土地の分譲と細分が、大小の住居の建設が、住民に対する外来者の増加が、年ごとに急速に進んで行きます。一年のあいだに数か月しか、いや、しばしば数週間しか人の住まない家がたくさん立っています。数から言えば谷の部落のますますふえて行く新住民は大部分、故郷を買い取られてしまった旧住民に対して親しみを持ちません。好意をいだいている人たちでも、一年の大部分はそこにおらず、冬ごもりやなだれや雪どけのつらい時期をいっしょに体験しはせず、部落民のしばしばきびしい心配や難渋をほとんどあずかり知りません。

　過去数十年間全然あるいは少ししか変らなかった地方を車で訪れるのは、時として楽しみです。私の散歩はもはや遠くには及びませんが、自動車に乗れば、いろいろな願いが満たされます。それで私は数年来、かつてこの山中で青春の最初の徒歩旅行を始めた場所に、つまりアルブラ峠とプレダにいつかまた行ってみたい、と願っていました。ドライヴはこんどは、かつて徒歩で行った時とは、逆な方向で行われました。かつて客馬車がたくさん走っていた、サン・モーリッツとポンテの間のほこりっぽい狭い街路は、もはや見るよしもありませんでした。しかし、今日ラ・プントと呼ばれているポンテを越えると、間もなく静かなきびしい岩石の世界に達しました。そこで私はつぎつぎとあのころの形や状況をふたたび見いだしました。峠の上で街道から離れ、草の丘に長いあいだ腰かけ、長い荒涼としてはいるが色とりどりな山なみと小さいアルブラ川をながめていると〔この美しい名はいつも「さまよえるいとしい魂」（訳注 ハドリアヌス帝の辞世の歌の句）を私に思い出させます〕、あの一九〇五年の旅の、すっかり消えてしまった思い出が一つ一つまた浮んできました。荒涼としたけわしい岩石の山背や石の河原が、昔と変らず下を見おろしていました。しばしのあいだ、私たちは、海辺あるいは人間も文化も存在しない山の世界に滞在する時あたえられるような、快くも真剣な感じをいだきました。つまり、時間の外に出たという感じ、あるいは、分《ふん》とか日とか年とかいう数え方を知らず、超人間的な千年単位で隔たった里程標だけを知っているというような種類の時間の中で呼吸するという感じをいだきました。没時間的な原始世界と自分の生涯の細分された時間との間を去来する感じは、楽しいものでした。が、それはまた疲れさせ、悲しませ、すべての人間的なもの、体験されたもの、体験されうるものを、まったくはかなく、つまらなく思わせました。私は峠の上で休息したあとで引き返したいところでした。印象は十分に受け入れました。呼び返した過去は十二分に受け入れました。しかし、私の記憶には、豆つぶのようなプレダ部落が残っていました。トンネルの入口にある数軒の家、そこであの時、私は、まだ子どものない若い夫として休暇の数週をすごしたのでした。それからそこでは、紺いろのくじゃくちょうのいる小さい深緑色の山湖の思い出が、もっとずっと強く呼びかけているのでした。その湖をまた見たいと思いました。実際私たちは、ティーフェンカステルとユーリヤー峠を越えて帰るように手配していたのでした。間もなく私たちは、松とから松のはえはじめているところに達しました。峠を越すと、時間と文明の徴候も少しずつ感じられだしました。次に休息した時には、谷間のいままでの完全な静けさがモーターのしつこい騒音で断ち切られているのを知りました。砕掘機か牽引車《けんいんしゃ》だと思っていましたが、低いところに豆つぶのように見える、草地の小さい草刈り機にすぎませんでした。いよいよ湖が、パルプオニャ湖が現われました。そそり立つ三つの暗くものすごい絶壁に囲まれて、なめらかな冷たい緑いろの湖面に、森と山の斜面を映していました。その流出口はさまざまにせきとめられ改修されており、道路のふちには幾台もの自動車が休んでいましたが、湖はほとんど昔のままに美しく魅惑的でした。しかし、プレダに近づくにつれ、私の感受力も、再会と古い思い出の喚起とに対する喜びも、すっかり消え去ってしまいました。そこにちょっと車をとめて、あのころ泊った小さい家をさがし、住んでいる人たちのことをきいてみるつもりでいました。しかし今はもうそうしたくなくなりました。もちろんニコライ老人とその家族がとっくに死んでしまっていることを聞いたって、むだなことだ、と思われました。それに、雨がちの涼しい夏はじめての暑い日の一日で、そこにはもう高山の風が吹いていませんでした。自分の青年時代と最初の結婚生活時代の忘れてしまっていたことが、ここに来て、うずきだしたということもあったでしょう。私をひどく弱らせ悲しませたのは、旅の疲れと暑熱のせいだけではなく、自分の生涯のさまざまな時期に対する不満と後悔の感、したこと過ぎたことのいっさいに関する今さらどうしようもない悲しさもあったことでしょう。ほんとうは再訪するつもりだったプレダ部落を、とまらずに通り過ぎ、ただもう帰りをせかせました。心の中であの不満と後悔を少し検討しようと努めていると、忘れていた昔の特定の行為や怠慢には思いあたらず、あの異様なばくぜんとした、ついぞ抑えきれない罪の感情に、またしても立ちもどるのでした。それは、私の世代と気質の人間が一九一四年以前の時代を思い出すと、襲われがちな罪の感情です。平和の世界のあの最初の崩壊以来、世界史に呼びさまされ、心の底から揺すぶられた者は、自分にも共に罪があるのではないかという疑問を、払いのけきることができません。もっともその疑問は、実際は若い時代のものにふさわしいのです。年をとって経験を積むと、そういう疑問は、原罪にわれわれが関与していることに対する疑問と同一のもので、われわれを不安にするていのものでないことを教えられるからです。その疑問は、神学者や哲学者にまかしておくことができます。しかし、私が生き長らえていたあいだに、自分の暮していた世界が、快い、遊戯的な、いくらか享楽的な平和の世界から、恐怖の場所になったので、私は折にふれ良心のやましさを思い返すことが、これからもまだ数回あることでしょう。世の成行きに対する共同責任感は、おそらく病的状態に、すなわち、無邪気さと信仰の欠乏にほかならないでしょう。それに襲われた人は、特にめざめた良心とより高い人間性のしるしだと、それを好んで解釈するでしょうが。――申しぶんなくよくできた人は、世の中の悪徳や病気や平和の惰性や戦争の野蛮さに対し共同の責任を負わなければならないとか、世の中の悩みや罪を増したり減らしたりすることができるほど自分が偉大だとか、そんな思いあがった考えは起さないでしょう。

このエンガディーンの夏には、もひとつまったく思いがけなかったような過去との再会を体験することになりました。私は、書物をたくさん携えて行きはしなかったし、郵便も休暇さきへは手紙だけ回送させるようにしています。それで、ある日、私の出版者からモンタニョーラを経ずに小包が着いた時、意外に思いました。中には『ゴルトムント』の新版がはいっていました。その本をながめ、紙や装本や表紙がどうなっているかを確かめながら、自分の荷物を重くしないようにするため、これをだれに贈ったらよいかと、もう考え始めているうちに、自分はこの作品を、それができて以来、というよりむしろ、おそらく二十五年も前の初版の校正の時以来、ついぞ読んでいないことに思いあたりました。かつて私はこの作品の原稿を二度もモンタニョーラからチューリヒへ、そこからシャンタレラへ引きずって行きました。二、三章には骨が折れて、徹夜さえ味わったことも、思い出しました。しかし、たいていの本が年ととももに著者にとってそうなるように、その作品全体として私にとりいくらか疎遠《そえん》になじみのないものになっていました。私はそれまでなじみを新たにしようという欲求を感じたことがありませんでした。今、その本を少しめくっていると、なじみを新たにすることを促しているように思われました。私もその気になりました。それで私は『ゴルトムント』を二週間ものあいだ読んでいました。それは、私の本の中で、成功したものの一冊でした。しばらくのあいだ、いやな表現ですが、「人々の口」にのぼりました。人々の口は必ずしも感謝と賞賛をもってそれに答えませんでした。悪気のない『ゴルトムント』は、『荒野のおおかみ』に次いで、私が最も多くの非難と憤激をかち得た書物でした。それは、ドイツの最後の軍人英雄時代の少し前に出て、すこぶる非英雄的、非軍人的で、柔弱で、人々のことばを借りると、だらしない生の享楽《きょうらく》に向って誘惑するものでした。エロティックで、恥知らずでした。ドイツやスイスの学生は、こんな本は焼かれ禁止さるべきことを支持しました。英雄の母たちは、総統や偉大な時代の呼びかけのもとに、しばしばぶしつけさを越えた形で、彼女らの憤《いきどお》りを私に告げました。しかし、二十年ものあいだこの本の再読を避けさせたのは、そういう経験のためではありませんでした。それは、ことさらにではなく、単純に自分の生活ぶりと仕事の仕方との一種の変化から生じたことでした。以前は、新版の際には校正のために、自分の本の大部分をいやおうなしに再読し、その機会にいくらか改作したものも少なくありませんでした。つまり短くしたのです。だが、目の故障がつのるにつれ、私はその仕事をのちにはできるだけ避けました。もう久しく私の妻がそれを引き受けています。もっとも私は『ゴルトムント』に対する一種の愛を失ったことはありません。それは、どちらかと言えば、美しい、心のはずんだ時にできました。それが甘受せねばならなかったののしりのことばや平手打ちは、『荒野のおおかみ』の場合と同様、私の心の中では、この作品にとって不利になるものでなく、有利になるものでした。しかし、私が心にいだいていたこの作品のイメージは、すべての記憶と同様、時がたつにつれ、いくらか変り、薄れていました。私はもうこの作をよくおぼえていませんでした。本を書くことをとっくにやめてしまった今、私は一、二週間をそのイメージの更新と補正とにあてることができました。

なつかしい快い再会でした。この本には、非難はもちろん後悔を促すものは一つもありませんでした。自分がすべてにすっかり満足しているわけではありません。この本にはもちろん欠点があります。自分の著作を長い長い時を経て再読すると、ほとんどみなそうなのですが、この本もいくらか長すぎ、少しおしゃべりすぎるように思われました。同じようなことが、いくらか別なことばで、あまりにたびたび繰返されていたのかもしれません。またすでにたびたび経験したことですが、自分の天分の欠陥と能力の限界を悟って、多少恥ずかしい思いをせざるをえませんでした。たしかにそれは一つの自己検討でした。こんどの再読も自分の限界をかさねて明らかに示しました。何よりもかさねて私の目についたのは、自分の長編小説の大部分は、それができた時自分ではその気でいたが、真の名匠がするように、新しい問題や新しい人間像を提示しておらず、自分に相応したいくつかの問題と型を変形して繰返しているにすぎない、人生と経験の新しい段階からやっているまでだと、いうことでした。それで私の『ゴルトムント』は、『クリングゾル』においてばかりでなく、『クヌルプ』においてもすでにあらかじめ形づくられていました。カスターリエンとヨーゼフ・クネヒトがマリアブロンとナルチスにあらかじめ形づくられていたように。だが、こう悟っても、苦痛ではありませんでした。それは、以前はもちろんずっと大きかった自己評価の縮減を意味するだけではありませんでした。それは良いこと、プラスをも意味していました。つまり、私は、たびたび野心的な願いをいだき、野心的な努力をしたにもかかわらず、全体としては、自分の本質に忠実であったこと、狭い道や危機を通りながらも自己実現の道を離れなかったことが、示されました。この作品の調子、旋律、抑揚の変化は、私にとってよそよそしくはなっておらず、過去としぼみ去った時期とのにおいを持ってもいませんでした。もっともあの流れの軽快さを出すことは、今日ではもうできないでしょう。この種の散文は今日でも私の気持にしっくりします。その主要な構造、付随的な構造、楽節の切り方、ささやかな戯《たわむ》れなどを、私は一つも忘れていませんでした。私が純粋にそのまま記憶に保って来たのは、本の内容よりはるかに多くその文章でした。

だが、やはり、私はどんなに信じられないほど多くのことを忘れていたことでしょう！　たしかに、ぶつかって、すぐにそれと思いあたらないようなページや文章は、一つとしてなかったのですが、ほとんどどのページでも章でも、次のページに何が書かれているかを、言いあてることはできませんでした。記憶はささやかなこともとも精確におぼえていました。修道院の門の前のくりの木、死人のいる百姓屋、ゴルトムントの馬ブレスなど。もっと重要なことでは、友だちの対話のいくつか、「村」への夜の遠出、リディアとの競走なども。だが、忘れてしまっていたこともありました。ゴルトムントがニクラウス親方について体験したことは、不可解にも、あらかた忘れてしまっていました。巡礼する愚か者ローベルトのこと、レーネとのエピソード、彼女のためにゴルトムントが二度めに人を殺す次第などは、忘れていました。うまくできていて、いいなと記憶していた数個所は、少し幻滅でした。かつて書く時に苦労をし、ほんとに満足はしなかった数個所を、私はやっと見つけ出し、悪くないと思いました。

ゆっくりと徹底的に読み返しているうちに、この本と関係のある、執筆中のできごとが、頭に浮んできました。諸君のうちの数人はおそらくその場にいたのですから、そのできごとの一つを話しましょう。一九二〇年代の終りごろでした。私はシュツットガルトで朗読の約束をしました。自分のふるさとをまた見たいと思ったからです。それで、今はもう生きていない、その町の友人のひとりのお客になりました。『ゴルトムント』はその時まだ刊行されていませんでしたが、本の大部分は原稿ではできていました。選《よ》りに選ってペストの叙述の章を朗読に持って行ったのは、あまり賢明ではありませんでした。しかし、それは尊敬の念をもって傾聴されました。当時この叙述は私にとって特に重要で、好きなところでした。黒死病の話は、感銘されたらしく、一種の真剣さがホールにひろまりました。ひょっとしたら、不快の沈黙にすぎなかったかもしれません。しかし朗読が終って、「狭い範囲」の人々がはやりの料理店に夕食に集まった時、ゴルトムントがたくさんの死人の間をさまよって行った個所は、聴衆の生命本能を強くかきたてでもしたかのように思われました。私自身はまだ自分の書いたペストの章で心がいっぱいでした。初めて私は、内心の反対を感じながら、新作の一部を公開の席で朗読したわけでした。私はまだその雰囲気のただ中にいたので、こういううちとけた会合への招待に、ひどくいやいやながら従ったのでした。今、当不当は別として、ここに集まった人々は、私の物語を聞いたあと、救われたようにほっとして、二倍の欲望をもって生活の中におどりこむのだ、という印象を、私は受けました。座席を求め、ボーイを呼び、献立表とぶどう酒表を求めて、騒々しく激しくごった返しました。あたりは、笑う満足した顔やかん高いあいさつに囲まれていました。私のそばにいるふたりの友も、オムレツとレバーあるいはハムのさらを注文するために、声を励まして騒音に抵抗していました。私は、ゴルトムントが生命の欲望に燃えた人々の集まりの中で、死の不安をまひさせながら、杯をからにし、むりにかきたてた陽気さをなおいっそう高くあおった、あの宴会の一つのただ中にとびこんだような気がしました。しかし、私はゴルトムントではありませんでした。私はすっかり参ってしまい、この陽気さに突き放され、吐き気を催しました。それに耐えることは、私にはできませんでした。そこで私はドアからこっそりぬけ出し、だれかが私のいなくなったのに気づいて、連れもどすことができないうちに、姿を消してしまいました。それは、賢明なりっぱな振舞いではありませんでした。そのことはその時すでに承知していました。しかし、本能的な、制御できない反応でした。

私はそのあとなお一、二回公開の朗読をしました。すでに約束をしてしまっていたからです。それからはしかしもう一度も朗読しませんでした。

この手記を書いているうちに、エンガディーンのこんどの夏も過ぎてしまい、荷造りして出発する時になります。数枚の紙を書きあげるのに、それに値する以上の骨が折れました。もうほんとにうまく行きません。いくらか失望してまた帰途につきます。いろいろ肉体的な不如意《ふにょい》に失望するとともに、それ以上に、ずいぶん骨を折り、時間をたくさん費やしたにもかかわらず、諸君の多くに対してずっと前に書くべきであったこの回章程度のものしかできなかったという失望です。少なくとも楽しいこと、大いに楽しいことが目前にあります。それは、マロヤとキアヴェンナを越えて行く帰りのドライヴで、冷たく澄んだ高地から、あたたかい夏の水蒸気に満ちた南国へ、マイラ川に沿って、コモ湖の入江と小さい町と庭のへいとオリーヴの木ときょうちくとうへ向っての、いつも、新たな魅力を感じさせるドライヴです。それを私はもう一度感謝の念をもってしんみり味わいましょう。大目に見てください。ごきげんよう。

過去とのめぐり会い

初心者の詩句を添えたごく若い詩人の手紙が絶えずやってくる。旋律あるいは形象の世界がいくつかの流行の型から離れていることはまれで、だれかが違った試みをしていることはきわめてまれである。かつて四十年以上も前、若いローバート・ワルザー、あるいは若いトラークルがしたように、青年のだれかが私を完全に驚かし、独特な新しい二つとないがんこな顔を示したことは、数十年来一度もなかった。もちろん、若い同僚から原稿や仮とじ本を示される老いた同僚のほうも、もはや好奇心に富んだ感受力のある読者ではなくなっている。彼は、年間一千以上もの新しい詩を送りつけられる。とっくに満腹した客が、つぎつぎと料理の運ばれて来てすすめられる食卓についているように、彼はどうにか我慢はしているが、うんざりし疲れているのだ。中には時々美しいひびきや、完成された構成や、高貴な調和を持った詩がある。ほとんどゲーテやゲオルゲやリルケのそれのような詩がある。ほかのは、お手本によった、子どもらしく哀れなぎごちない詩である。二語あるいは三語あるいは四語ごとに行を変えることによって、散文の一文章が詩に変えられているのだ。それは純粋に書法上の処理であって、芸術的にはまったくなんにもならないのであるが、作者がそれによって自身の思想や体験を妨げられることは、あの高貴で完全なみごとな詩の場合よりずっと少ないのである。お手本によって魅惑された模倣者を見ると、模倣された元の詩人ばかりでなく、模倣への刺激を与えた特定の詩がはっきりわかることが、非常に多い。少年たちが好きなお手本にたよってどうしてあんなに直接幼稚に写しとるのか、そんなことをすればすぐばれて、彼らがペンできれいに書いても、読むほうではその出所を見ぬくことができるのだということを、彼らはどうして思いつかないのかと、読まされる老詩人はしばしば不可解に思い、頭を振る。詩の形、抑揚、単語が、尊敬するお手本からなれなれしく借りられるばかりでなく、内容や気分さえ踏襲される。頭を振りながら私はそれを確認する。そして、魅惑され心を奪われた少年たちが、すでに詩になっているものをできるだけ似せて重ねて詩に作るのを、私はなんともおめでたい、思慮のないことと思う。

しかし、老人たちが若いものたちの行為や非行に頭を振る場合、老人たち自身、昔まだ若く無邪気であったころ、どんなに振舞ったかを、通常忘れてしまっているものである。私があるいはいくらか同情のこもったユーモアをもって、あるいは多少の不満をもって、多くのゲオルゲ気取り、リルケ気取り、トラークル気取りの詩人を見る時、そういう老人の例にもれないのだ。しかし、老齢になっても、折りにふれて学ぶことができるものだ。このごろ私は思いがけぬ形でそれを経験した。姉アデーレの遺品の中から、私は小さい紙片を送りとどけられた。ほとんど六十年もたっているもので、私の少年時代の筆跡で詩が書かれていた。十六歳のころ書いて、姉に贈った詩だった。題がなくて、次のような文句だった。

波は黙して横たわり、
岸辺に音をたてる鳥もいない。
水の精が立て琴をかなでている。
小舟の中で漁夫が耳を澄ましている。

松は枝を傾け、
風はまったく吹き去った。
村は暗く、ただ さびしく
岩に燈台《とうだい》が立っている。

沖を行く船は
黄金の宝の数々を運んでいる。
霧に包まれた舟の中には
郷愁に満ちた心の数々が憩《いこ》うている。

今はすべていとも静かだが、
まもなくあらしが目をさます――
おお神よ、すべての旅びとと共にあれ、
おお神よ、夜のやみをおかして私たちをも導け！

どきっとしながら、私はこれを読んだ。どんなに多くの少年の詩を私は、感動といぶかしさのまじった気持で読んだことだろう。それを形式的に批判することはできたが、その子どもらしさと素朴な模倣心をわがことのように感じてやることはできなかったのだ。今、自分自身の少年時代の詩が前に横たわっていた。それが少なくとも独創的でなく、模倣で、自分のものでないことは、ゲオルゲ、あるいはリルケ、レールケ、あるいはベンから少なくとも形式と文体のための努力を借りてきた今日の少年たちの任意の詩と同様であった。しかし、私の詩はアイヒェンドルフの跡にぴったりくっついて作られていた。アイヒェンドルフは偉大で信仰のあつい詩人であったけれど、表現にかけては、詩句の構成にかけてと同様、むしろ大まかで、しばしばだらしがなかった。私の詩を成しているものは、快適な詩の型、情景、水の精、沖を行く船、深い信仰のこもった結末など、全部そこから借りて来たものだった。私自身は、船が走るのも、海が霧やあらしに包まれているのも見たことがなかった。灯台を見たことも、水の精を聞いたこともなかった。架空の哀れな旅びとのために神に加護を願ったこともなかった。自分の詩を、未知の青年の初心者の詩を見るのと同じやり方で見ると、それはあくまで亜流で、読み取ったもので、本物でなかった。いや、うそだった。詩作する無数の少年にあやまり、自分も彼らとまったく同じように始めたことを告白しなければならなかった。とっくの昔に言われていたことを、私は重ねて言ったまでだった。とっくに言いつくされた形で、他人のことばで、習いおぼえた旋律で言ったのだった。まずい詩の背後に体験や自分の思想などはなかった。恥じ入り、ほとんど悲しくなって、私は自分の詩を手にしていた。

　しかし、私がそうして手にしていたものは、おしつめてみると、単に無価値な詩だというだけではなかった。それは私を恥じ入らせ、滅《め》入《い》らせただけでなく、他のよりよいものを、私自身の幼年時代の肖像をまた見つけでもしたような心の感動をもたらしたのだった。すでにその紙が神秘な力、魔力をおびていた。かなりごつごつした、かすかな赤みをおびた紙で、私にはすぐ見わけがついた。私の幼少年時代を通じ、包み紙の残りか、古封筒の裏を使えと言われないかぎり、スケッチしたり、絵をかいたり、字を書いたりするのに使った、あの紙だった。そのころ店にあったいちばん安い書写用紙だった。下書き用紙と呼ばれていたもので、一つ折り二枚続き二枚が一ペニヒで買えた。それがそのころは、誕生日やクリスマスに私のほしいと思う物の表にはかならずのっていた。それはいくらあっても足りなかった。幼年時代の歳月の間、私は、絵やスケッチから離れ、書くことに深入りすればするほど、私はその紙を節約した。その一つ折りの紙を分割するあらゆる可能なやり方を、いくども私はためしてみた。特に、それでごく小さい型の小冊子を作り、母のお針道具の中の針と糸でとじた。私の幼い筆跡で物語や詩句をいっぱい書きこんだそういう小冊子は、やがて特別な機会に、友だちや母や姉妹のどちらかに贈る親密な贈物として役立った。

六十年間まったくよく持って、赤みがかった色調さえいくらか保っている紙をしげしげと見、手でさわってみると、忘れていた情景に満ちた思い出や場所が現われてきた。そのころ住んでいたへや、勉強机、いすが、ゆかや寝台の前の小さい敷物などと共に現われてきた。そのため、恥ずかしい私の詩も、しだいに腹立たしい点をすべて失った。いや、それはまったく詩ではなくなった。詩のように見られてはならなかった。困難であったと同様に美しかった。体験に富んでいて、あらしのように激しく、問題をはらんでいた。私の少年時代の後期の思い出の一片だった。あのころは、詩を作ることはいかにも重要な役割を演じていたが、それはむしろ子どもの生活で遊戯が主要な役割を演じているような形でそうだったのだ。当時つまらない詩でアイヒェンドルフあるいはガイベルをまねようと試みたとすると、肝心なのは、できあがる詩ではなく、遊戯そのもの、模倣、おとなのように自分を示し、仮面をかぶることだった。しかも単に任意のおとなのようにでなく、まったく特別なすぐれた有名なおとなのように、そうすることだった。私がそのとき少年として大小の先輩や手本の道具を利用し、配語や韻律ばかりでなく、体験や感情を借りてきたとすると、それは、少年が庭を走る時、自分の足で走りながら、小さい両手に空想のハンドルを持ち、たくさんの気筒と無数の馬力をそなえた大きな自動車を操縦するのだという想像を楽しむのと、同じことをやっていたのだ。少年が空想で運転手になり、その車を働かせるように、あの初歩段階の詩人は空想でアイヒェンドルフになり、その楽器をかなでたのだ。それを愚かなサルまね、あるいは泥棒と感じたものは、子どもや遊戯が何であるかをもはや解しない、気むずかしい批評家だったのだ。

さて、自分の下書き用紙の一片に再会したことが、恥ずかしさと教訓ばかりでなく、もっと激しい深い体験の時代を思い出す数瞬をもたらしたのは、まったく好ましいことだった。当時私は、不安な、危機に富む人生の春を経験していた。批判的な気むずかしい読者が、私のロマン的に表現する詩句を読んで、この遊戯的な少年には自分の感情と体験が欠けているという結論を引き出したとしたら、それは大きな誤りだったろう。若い命の大波はそれどころか、高くおどった。最高の忘我にかけても、最も深い不幸にかけても、死の近くをかすめたのだった。私のしろうとじみた詩作の戯れが、あの体験を表白しえなかったばかりでなく、それを直視し、精神的に取り扱うことを恐れはばかったのは、不思議でない。それは、私が十年後に小説『車輪の下』で初めて呼び返そうと試みた時代だった。その際でもまだ私はひどくあやふやで、ほんとの理解や超克からははるかに遠かったのだ。友だちハイルナーも共演者として相手役としてハンスの仲間になっているのだが、小さいハンス・ギーベンラートの身の上と人物とを通して、私はあの成長期の危機を描き、その記憶から自分を解放しようと思った。その試みに際して、自分に欠けていた達観と成熟とを補うために、私はあの力に対して、すなわち、学校や神学や伝統や権威というような力に対して、ギーベンラートがそれに敗れ、私自身もかつて敗れそうになった力に対して、いささか弾劾者《だんがいしゃ》、批判者の役を演じた。

すでに述べたように、私が私の生徒小説で手がけたのは、早まった企てであった。したがって、ごく部分的にしか成功しなかった。それでのちに、かつてしきりに論議のまとになったこの本が忘れられた時――もう久しく書店から消えていた――私のささやかな学校小説が批判と私自身との視界から静かに遠のいて行ったことを、なんとも思わず、甘んじてあきらめていた。

しかし、成功しているにせよ、いないにせよ、この本にはやはり、ほんとに体験され、悩まれた生活の一端が含まれていた。そういう生きた核心は時として、驚くほど長い時間を経て、まったく別な新しい事情のもとで、また働きを発揮し、そのエネルギーのなにがしかを放射することができるものだ。そのことを私は、私の少年時代の詩がもどって来てから一週間もたたないころ、思いがけず体験した。『車輪の下』が最近日本語に翻訳された。そして、ひとりの若い読者から美しい感動的な手紙が到着した。かなりうまいドイツ語でつづられた、いくらか熱狂的な青年の手紙で、いなくなったシュワーベンの少年ハンス・ギーベンラートが、かなた日本でまた若い人にとって道連れとなり慰め手になったことを、語っていた。お世辞めいた文章と熱狂的な文章をはぶくと、手紙の文句は次のようになる。

「私は東京の高校生です。

私が最初に読んだあなたの作品は、小説『車輪の下』です。一年前に読みました。そのころ私は非常に真剣に孤独を考えていました。私はハンス・ギーベンラートのように、混乱した精神状態にありました。私の精神状態にしっくりするような作品を、私はたくさんの中からさがしたのでした。あなたの若い人物をあの小説の中に見いだした時の私の喜びが、どんなに大きかったか、それは書きあらわせません。だれでも同じような体験を持たないかぎり、あなたを理解することはできないでしょう。

あの時から私はあなたの作品を読み続けています。読めば読むほど、あなたの作品の中に私自身をいよいよ深く見いだします。今では私は、自分をいちばんよく理解してくれる人はスイスにいて、私をいつも見つめている、と堅く信じています。

どうぞご自愛のうえ、いつまでもご健康でおられますように」

あのアイヒェンドルフの詩のころカルプの古い家で体験し耐え忍んだこと、十年後同じ家で小説として客体化しようと試みたこと、それは死んでも消滅してもいなかった。半世紀の後、日本訳を通じてさえ、自分自身への道で戦い、危険に陥った若い人に話しかけ、その道の一部を明るく照らしたのだった。

過去を呼び返す

私が回覧書簡を「愛する友よ」という呼びかけで始める時、受信者の多数に、あなた方をまず考えているのではない、と私は言わなければならない。むしろ私のささやかな報告は何よりも、私が最も生き生きとした価値ゆたかな思い出を、すなわち幼少年時代の思い出を分つ同時代の人々と同年輩の人々の仲間に、向けられているのである。そういう友だちはもうごく少数しか存命していない。私は回覧書簡の中ですでに、生きている人々より死んだ人々により多く語っている。「愛する友よ」と言う時、それはもう単なる呼びかけであるより、過去を呼び返すことなのである。年下の友人は私にとってきわめて好ましくあっても、その人との対談にはやはり同一次元が欠けている。また当代の最も賢明なあるいは高貴な人と談話をするか、それとも、カルプの町立音楽隊楽手シュパイデルや、ゲッピンゲンのバウアー校長や、マウルブロンの校長パルムを知っており、私の祖父と話したことのある人と談話するか、どちらにするかという選択をすることになったら、私の選択は容易に決るだろう。絶えず輝いているがやがて消えてしまうであろうような、輝く情景に満ちた神話的な場所の目撃者のうち、残っていた数人、向い合ってすわれば、祖父やバウアー校長について話すことのできた同級生や男女のいとこたちのうちの数人、彼らがつぎつぎと没し去って行った。去年という年は、彼らの実に多くを私から奪い、手にとどかぬようにしてしまった。しかし——これはあたりまえの、多くの人々によって体験されうるできごとだと思う——こういうごく狭い環《わ》の構成員のひとりの死とともに、そのつど変化と昇華の独特な過程が遂行される。たとえば、死んだ人はたしかに私のカルプ時代の学校友だちテーオドルであるが、それだけでなくまた山林局参事官、あるいは商業顧問官であり、小さい町の尊敬すべき仲間で、町参事会員であり、おおぜいの子孫の父であり、祖父であって、まれに再会でもすることがあれば、たぶん大きく司令官のようになった声で、たぶん意気おとろえぬ戦闘的国家主義で、あるいは芸術や文学に関する批評で、私にとって多少疎遠《そえん》になり、ほとんど受け入れにくくなっていたのだが、彼はもはや父でも祖父でもなく、枢密《すうみつ》顧問官でも工場主でもなく、後年の仮装をぬぎ去って、まぎれもなくまたすっかり学校友だちになり、疎遠なところも、何か邪魔になるところももう持たなくなり、テーオドルあるいはヴィルヘルムという明るい青い少年の目で見ているのである。彼は輝かしい情景の教室にもどり、ついこの間まで彼が生きていて、称号を持ち、自分の意見を主張していたころに劣らず、いや、むしろいくらかより以上に私のものになっている。彼は称号も意見も財産も好評も悪評も持たず、釣り糸のもつれをほどくことやはとの卵を盗むことをよく心得ていたあの少年にすっかりまた返っている。それで私もまた、私の考え方によるにせよ、私について伝えられたうわさ話によるにせよ、成功や称号やレッテルをはられたことによるにせよ、多くの少年時代の仲間にとって多かれ少なかれいかがわしい人物になってしまった私もまた、そういう装飾的な付属品をとり去って、ごく狭い仲間の人々にとって、単に僧正小路《こうじ》のあのヘッセ、クラスのものをたびたび冗談によっておもしろがらせたヘッセ、当時のワイツゼッカー校長から、こいつはおてんとさまに照らされる値打ちがないと言われたヘッセに返れることを望んでいる。私たちはみんな、あのテーオもヴィルヘルムもアウグストも校長ワイツゼッカーも共に、生活の迷い道や誤りから、われわれ人間や人間に関することにとって考えられる、いや、確実であるような形の不死にもどってくる、のだと私は考える。それは、問題的な、どんな教養にも保証されていない不死であるが、伝統や伝説や文学が人物や行為や体験に、一世代も一世紀も千年も続きうるような寿命を死後まで与えるとするならば、往々かなりたよりになる不死である。それで、仏陀《ぶつだ》とアナンダ（阿難陀）とカウンディニア（憍陳如）ばかりでなく、アルキビアデス、あるいは使徒パウロとその代表的人物たちばかりでなく、ミュルテイルとクロエも、オイパリノスとテレマコスも、哀れな少女オフィリアも、あるいはヴィヨンの肥《ふと》ったマルゴーも、不死あるいは時間のかなたに到達した。なぜなら、おそらく創作された文学の人物は、歴史の人物に劣らず、問題的でしかも否定できない不死に属するからである。

もういい。私からあいさつと報告を期待している諸君、まだ生きている人々に向って話そう。それはクリスマスから始める。すると、たちまち贈物の中で第一の最も注目すべき贈物が、思い出の世界へ深く通じるのである。シュワーベンの親類が感動的な貴重品を贈ってくれた。一冊の帳面、一八五七年のコルンタールの学校ノートで、かれこれ百年たっており、私より二十年も古い。ありふれた学校ノート型で、いくらか黄いろみをおびているが、明らかにこの百年間念入りに大切に取り扱われてきた帳面だった。だが、ごく普通の生徒の筆記帳とは見えない。当時にしては、またコルンタールにしては、むしろはでな、いや、きらびやかな表紙がついているからである。にせのゴシック字体の装飾に囲まれ、強く彩色された絵と、教化的な詩句とが表と裏に書かれていた。表のほうは、聖餐《せいさん》が授けられているところで、弟子たちの間にヨハネとユダが見わけられると思われるが、裏がわでは救世主が、びっくりして気を失っている三人の番人とまだ眠っているひとりの番人の間を、勝ち誇るように墓から出て来、空中で礼拝している天使たちに喜び迎えられている。救世主をたたえる二枚の絵の中で、イエスがいちばんまずくかかれている。頭のまわりに光を冠せられて特別扱いされているのだが、良い姿にはなっていない。しかし帳面の体裁全体は、はなやかだと言わなければならない。コルンタールの有名な学校には、模範生への賞品としてそういう豪華ノートがあったのか、それとも、店で買えるとしても、生徒にとってはきっと数週間のお小づかいをためてやっと入手できたものだろう。

さて、この豪華だった帳面は、一八五七年、まだ新しく強い色に輝いていたころ、当時十五歳だった母の所有品だった。そして母はそれに美しい文字で、しかし紙面を極度に利用して、彼女のそのころの愛唱詩をいっぱい書きこんだのだった。シラーの「水くぐり」で始まっている自家用詩選集である。まだ半ば子どもじみているがもうひどく達筆な手跡は、のちに私たちが母の手紙で深く愛し賛嘆した美しさをまだ完全にはそなえていない。それでももう母の手跡だということは、まぎれもない。信心深く荘重な表紙なので、教化的な詩句を集めたものだろうと期待したとしたら、疑いもなく秘密に守られていたこの宝の発見者は失望しただろう。十五歳の少女の詩選集は、もっぱら世俗の大部分美しい詩から成り立っている。シラーの詩が八つあって、それにゲーテ、ウーラント、レーナウ、ヘーベル、ケルナーが続き、アイヒェンドルフとリュッケルトからもそれぞれ一つの詩が見いだされる。ハイネの「ローレライ」や、シュワープの「雷雨」や、マチソンの「死者への供物《くもつ》」も欠けていない。それからベルンハルディの「フィレンツェのライオン」のように忘れられてしまった詩もいくつかある。長い無名の物語詩「ヴィッテキント」、ラングバインの非常に長く妙にこみいったユーモラスな詩で「牧師シュモルケの冒険と教師バーケル」という題のもある。シラーに関しては、その詩を読むことは女生徒たちにきびしく禁じられていたのを、私たちは知っている。母の兄ヘルマンは、天才的革命的な暴風殺到期の最中だったので、熱烈なシラー読者で、妹と活発な文通をしていたことも、私たちは知っている。

この帳面全体が、色彩の陽気な表紙と愛らしい女生徒の筆跡とはともかく、もしほかに添付されたものがなかったら、とりたてて述べるに値しないだろう。つまり、同じ型の数枚の紙が持ち主によって針と糸で念入りにとじ合わされているのである。それにも同様に同じ手で詩がぎっしり書かれている。そこにはゲーテもマチソンもラングバインもなく、詩は全部書いた当人によって作られたものだった。少女の友情と空想的な青春の悲哀の詩で、英語の詩が二、三と、フランス語の詩が一つあった。詩の時期はコルンタールを越して、母がインドにもどった時にまで及んでいる。しかし、私にとっていちばん重要な詩は、学校と寄宿舎時代のもので、表現はむとんちゃくで、ありきたりであるが、激しい青春の体験に満ちている。特に、最愛の女友だちを失ったことに対する苦痛とにがい憤《いきどお》りに満ちている。その友だちは、宗教的な学校の先生や監督たちにきらわれるようなことをして、追い出されてしまったのだった。ああ、私はもう数十年この方それを思い出したことがなかったが、この青春の女友だちの姿と、私の母の熱中ぶりは、私もよく知っていて、まるで自分もいっしょに体験してでもしたようだった。なぜなら、私たちがまだ子どもだったころ、母は私たちに時折、微笑しながら、しかし情熱的と言っていいくらいの調子で、あの少女の物語を話して聞かせたからである。友だちはオルガという名で、上級生の中でいちばん美しく、天分があり、いちばんみんなから熱愛された少女だった。私の母は、二つほど年上の彼女に、その年ごろにだけ、年下の、成熟していない、愛に飢えている少女が、輝かしい「大きい人」に、美しい人に、すぐれた人に、及びがたい人にささげる、あの種類の愛と賛美と献身とをもって、心を寄せた。この物語は、私の母の伝記を見れば、読むことができる。それは、大きい人が、暗がりでホームシックのために泣いている小さい人を見つけて、うちとけた身ぶりで同情をあらわしたところで始まり、オルガがクラスの前に罪人として人非人《にんぴにん》として立ち、牧師から未聞の罪のゆえに極印を押され、他の女生徒たちは彼女とのつき合いをいっさい禁じられた日が頂点になっている。その時こそ、年下で、今まではただ内気に礼賛《らいさん》していたものが、二倍にもいとおしくなった人に、いよいよ近づいて、慰め、勇敢にその身方になることができた。罪の女の犯したことはもちろん、男子の学校の陽気な青年との恋の戯《たわむ》れだった。英雄の勇気と一種のにがい快感とをもって、礼賛する少女は女友だちの追放に対し、人ごとでないという態度をとった。何せ彼女はもうしばらく前から学校に対し事ごとに意地を張って反抗し、世俗主義と反抗と精神的な思い上がりの時期を経験していたからである。それに対し彼女はまもなく罰せられ、危険に陥るほどたしなめられた。彼女は世俗的な喜びと思い上がりのこの時期をみずからきびしく後悔し、それをひたすら脱線として私たちに説明した。しかし、私たち子どもらは、すぐれた語り手である母が何よりもあの時期を好んで話すのを聞いた。私たちの同情は、コルンタールの学校や牧師のがわにはなく、あくまで罪ある少女たちのがわにあった。

いま私はその紙片を手にした。母がコルンタールの喜びと悩み、女友だちたちと、とりわけ決して忘れたことのないオルガを歌い、たたえ、嘆いた紙片である。そういういろいろなことをこんなに長いあいだ忘れていたことを、私は恥じて、諸君にその話をするのである。諸君がそれを知ってくれるように、あの甘くにがい少女の春とあのオルガとが忘れられないようにと、私は念じるからである。

これが、私のクリスマスの贈物の中でいちばん注目すべきもの、そしていちばん予期しなかったものだった。他のものはすべて、諸君の興味を引きそうな範囲では、私のこの前の夏の回覧書簡「エンガディーンの体験」と、そこに述べられているシューマンのピアノ曲「予言者としての小鳥」とに関連していた。私はエンガディーン書簡でこの驚嘆すべき曲に対する私の古くからの大きな愛を表白した。こんどは、フランクフルトの親切な女性からこの音楽詩の肉筆原稿の写真が来た。この婦人は、原物がパリに保存されていることを知り、骨折りと費用を惜しまず、私のためにそれを写真にとらせたのだった。しかし、それでおしまいではなかった。同様にあの回覧書簡を読んだベルリンのピアニストは、私に小鳥を贈ろうと同様に心を決め、私のためにレコードに向って演奏し、送ってくれたのである。私はたいそう驚いた。しかし、そういう個人用レコードはたいていそうであるが、私も失望させられた。レコードはあまりに軽くしなやかなので、それをかけるには、ほとんど重みのかからないピックアップが必要だったろう。私の使える二台の蓄音機では、いくらためしてみてもうまくいかなかった。幽霊のように消えて行く泣き声の雑音が出るばかりだった。贈り主に対してお礼と同時に、失敗した試みについて報告を書くという、好ましからぬ義務だけが残った。私たち三人、ニノンと私とゲッチンゲンからの客とは、がっかりして悲しんだ。ところが、ほんの数日たってから、ニノンが、小鳥のレコードがかけられるという報告をもって私を驚かした。ほんとに、かけられない薄いレコードが役に立つ堅いレコードに変っていた。さっそくかけてみた。すると、シューマンのやさしい魔法の小曲が、コルトーに演じられて、羽ばたきの音をたてながら木立ちの中に舞いあがった。大昔のように古く、しかも永遠に若く。——小さい奇跡は永久に私のものとなった。かげでこの埋め合せをしたのは、私の失望を目撃していたお客であった。

郵便はクリスマスから新年にかけてまたふえた。私は一月の半ば過ぎになってやっと読み終えた。たくさんの美しい手紙、たくさんの真剣で熟慮に値する手紙があった。その中に一通、それ自体としてはたしかに重要ではないが、忘れていたことを私の記憶に呼びもどす手紙があった。それについて話したい。それは北ドイツの若い理想主義者の熱烈な手紙だった。この手紙を書かせた原因を私はもうおぼえていない。たぶん筆者は、何らか懐疑的な厭世《えんせい》的なことばを私が書いているのを読んで、私を励まし悩まし改宗させようと思ったのだ。よくあることだ。だが、彼はたぶん、年の改まる機会を利用して信仰告白をし、お祝いの贈物として私にとどけようとしたのだろう。「尊敬する友よ」という呼びかけで、ほろりとするほど愛すべき、信心ぶかい、おめでたい少年の手紙だった。若い人は、私たちが困難なきびしい世界と時代に生きていることを、金銭欲、享楽癖《きょうらくへき》、唯物《ゆいぶつ》主義、原子爆弾の存在することを、否定しようとはまったくしなかった。しかし、諸国民の生活と世界史の核心を見たならば、人道主義の未来に関するM教授のりっぱな演説や、高い功績のある人々に二つの平和賞が最近贈られたことを想起したならば、あるいは、最近Sでベートーヴェンの「第九シンフォニー」が演奏された際、感動と高い情操のおごそかな大波が実際目に見えるように巨大なホールに満ちあふれたのを共に体験したならば、この世界では進歩が行われていること、大きなりっぱな時代が迫っていること、いや、もう始まっていること、善意を持っているすべての人々に向ってその朝焼けがたのもしく輝いていることを、もはや疑いえないだろう。そう彼には思われた。こういう時代に、こういう運命の星の輝く時に生き、朝焼けに向って人生の途上にのぼり、世界じゅうに、西にも東にも、善意の人々がおり、まだ待ち伏せている暗黒の力を追い払い、偉大な人類の導き手の聖化された教えをいよいよ実行に移し、最後的に善の勝利を促そうとしているのを知るのは、美しいこと、心を高めることであり、それに劣らず義務を感じさせることである。そういうのだった。

私はある時は微笑をもって、ある時は悲しい心をもって、高貴なポーザ公の独白を読み、同様に強い信念の理想主義者が新しいよりよい世紀の到来に呼びかけた、あの荘麗な詩句「なんと美しいこと、おお人間よ、なんじのしゅろの枝をもって……」という句を思い出した。そういう書面の成立を再現してみるのは、骨の折れないことだった。その青年は、若々しい熱烈な心を持ち、気高い志を共にする二、三人の友人を持っていた。有名な教授の演説を、「第九シンフォニー」を、おそらく初めて聞いた。聞いただけでなく、体験した。体験しただけでなく、発見した。いや、すでにほとんど自分で創作していた。高尚な人道主義的平和主義的週刊誌を前金でとり、その記事に毎週感動し、信念を強められていた。彼は新聞をほんとに読んだことはなく、自分の週刊誌と大新聞との購読者数を比較する骨折りをしたことはない。――要するに、もちろん無意識であるが、自分の信念や友人やシラーやベートーヴェンや平和を約束する週刊誌の記事によって、一つの雰囲気を作っていた。それが、いとわしい現実の侵入に対して彼を守り、快く幸福なよい気持にさせた。そういう気持でいたのだから、どうして世界の状態が悪く憂慮すべきものでなんかありえたろう？　すばらしい演説が話され、信心ぶかい団体によって聞かれ、肝銘されはしなかったか。はなばなしく演奏されはしなかったか。若い心の中でシラーとベートーヴェンの美しい神々の火花が赤々と燃えはしなかったか。いや、戦争の危険や原子兵器のことばかりぶつぶつ言うのは、まちがっていた。核物理学者、あるいは野心的な政治家の方式を信じ、実存主義者のいやなひびきを発する厭世主義や虚無主義に感染するのは、まちがっていた。愛すべき青年が彼の世界観として告げたのは、美しい、若さの輝いている、すばらしく信心ぶかい、すばらしく愚かしい、観念的な楽天主義であった。色彩はいくらかどぎつく、いくらか厚く塗られていた。構成はいくらか非独創的、非個人的な感じがした。自分で見つけたのではない信仰問答書、お手本、何か型紙のようなものが、その背後にあった。あまりにきれいな、あまりに試練を経ていない一種の通俗哲学があった。それには、シラーやベートーヴェンではなく、むしろ救いを告げ知らすある種の教えや道しるべに責任があった。しゅろの枝を持った人間の時代から幾百となく現われ、幾百万の人にむさぼり読まれた著作、『現代の病気とその治療』、あるいは『道徳的基礎に立つ幸福への簡単な道しるべ』、あるいは『合理的な体育と精神修養にもとづく楽園再発見』、あるいは類似の題の著作に責任があった。たくさんの消えてしまった、あるいは依然活動している救世主の小冊子や赤本に責任があった。そんな救世主の魔力は、私たちのような者には、いくらか見えすいていて、地金が出ているが、改宗したばかりの者や、気高く熱狂的で献身できる青年の口にかかると、また魅力と新鮮さを相当にとりもどしうるのである。

私はこの美しい善意の手紙を、前に述べたように、一種の感動をもって、だがまた多少の皮肉をもって読んだ。ハインリヒ・ハイネが「そなたはさながら花のよう」と歌い、それから「神がそなたを清くやさしくうるわしく守るようにと、祈りつつ」と歌った少女の顔を見でもしたように。――私の中の何かが、たとえ頭の中だけにせよ、このまじめなおばかさんをあざけることにさからった。それから一日たって手紙を重ねて読んでいると、私は突然どきっとした。はっと目が開いたのだった。目を閉じると、一つのへやと、若いころ体験し、のちにどうやらすっかり忘れてしまった情景とが見えた。天井までとどくたくさんの書架に両がわともぎっしり本で詰っている、大きな、いくらか暗い、高いへやが見えた。前方の明るい部分には、仕事机が二つあって、インキつぼと、アルファベット順の書目カードのいっぱいはいっている木の小箱がのっていた。バーゼルのプフルーク小路《こうじ》の古本屋だった。そこで私は昔一年とちょっと勉強し働いた。その主人は年をとった白いひげの独身者で、感じのいい気楽な老紳士だった。この人に私は、彼の書店でよりも、二、三のぶどう酒店や「コウノトリ」の玉突き場で、ずっとたびたび会った。古本屋はもう久しく、彼の片腕だった、シュテックボルン出身のユーリウス・バウル氏によって営まれていた。私はこの人の弟子として助手として少し前からそこで働いていた。ユーリウス・バウルも独身者で、主人より少し若かった。しかし彼も独身の変り者で、私が知った人の中で、いちばん純粋で、気立てがよく、誠実で、愛すべき人であった。彼から私はたくさんのことを、まず職業に関しておそわった。何せ彼は完全な古本屋で、図書学のあらゆる資料やルールに精通していて、数か国語ができ、数か国語でおそろしくたくさん読んでいた。特に相当古いイタリアやフランスの文学の愛好者だった。おまけに、老練な旅行者で、スイスのほとんどあらゆる谷間の地方を知っていた。一方では言語と書物の世界、そしてそれと均衡を保つものとして、広く足をのばして郷国を踏破すること、この二つが彼の大きな情熱だった。書物の世界を図書学のあらゆる手段で開き、一日《ひとめ》で明らかにすることを心得ていたように、旅行者としても根気のいい歩き手だったばかりでなく、知識に富んだ開拓者だった。地図を読むことにかけては堂に入ったもので、いつでもいちばんいい最新の地図（デュフールおよびジークフリートとそれは当時呼ばれていた）を用意していた。そのうえ、言語や方言や地方の歴史に心を開き、好奇心を持っていた。彼が、楽しくすごした時、風習や祝祭や、土地の名や家の名や、国語の孤立した地域や、かきねの構造や、雌牛や雄牛の名の語源などについて語ってくれたことをみんなまだおぼえていたら、私は民俗学についてスイス放送局の要求するところをことごとく満たすことができるだろう。ざんげ者のように暮し、ほとんどパンと水でしのぐことのできた彼は、旅行の用意、特に地図と案内書となると、浪費家で大尽であった。公式の地図の新しいのは必ず手に入れた。そして一枚一枚を製本屋に最も丈夫なクロースで裏打ちさせた。その材料と仕事を彼は厳密に監視した。山の谷間の牧師がその地方をほめたたえる詩を作った話を、彼は私にしてくれた。長い教訓詩の初めを私はまだおぼえている。

「この美しい谷、
形は卵形に似て、
鉱石に富む……」

古い本と新しい地図、古本屋の中の宝さがしと徒歩旅行、それこそ初老の隠者が精通しマスターしていた二つの領域であった。その他いっさいの点では、彼は非常に賢明であったにもかかわらず、子どもだった。ロマン的なものとイタリア的なものを特に愛好することははなはだしかった。イタリアでひとかどのものになった同僚、たとえばフィレンツェのウルリコ・ヘプリあるいはオルシュキに対しては、賛美、いや、尊敬のことばを持っていた。ああ、ある時、特にしんみりうちとけた時、彼は私に、生涯の満たされぬ大きな願いは、ツルガウ人でなく、グラウビュンデン人でありたいことだった、とうちあけた。

私がかねがね願っていたところに従って小売書店から古本店に移った時、実際はこの古い家の平和な静観の中に妨害者としてはいって来たのだった。主人はごくまれにしかこなかったので、そこの隠者は長いあいだほとんど邪魔されずに楽しむことのできた孤独を愛していた。狭い小路にお客が迷いこんで来て、階段を三つもあがって古本店にはいってくることは、ほとんど同様にまれだった。しかし、私が割りこんで来たことが彼にとってわずらわしかったとしても、少なくとも初めは疑いもなくそうだったが、私はそれを少しも感づかなかった。ユーリウス・バウルは、およそ考ええられる最も親切な、悪意のない人だった。彼は初めから最後の日までいつだって微笑しながら親切に兄弟のように同僚のように私を見、遇してくれた。私が毎日彼のすぐれた知識と能力から利益を得ていたのに、彼はたしかにその優越さを恥じ、極力それを隠しているくらいだった。彼はだれに対してもそうであって、だれかに苦痛を与えたり、だれかをけいべつしたりすることはできなかったろう。体裁をかまわず、俗世間のことを知らぬ、いくらか偏屈な閉じこもった隠者の印象を与えたが、謙虚な親切な内気な微笑の奥では高い程度の賢者だった。私は若すぎて、あまりに利己主義的に自分自身の目標をめざしていたので（『ペーター・カーメンチント』の半ばできあがった原稿が私の下宿の勉強机の中にはいっていた）、この謙譲な賢者の価値を十分に認識することはできなかったが、彼を初めから愛していた。そして、私が一夜を遊びすごして遅刻しても、また、眠りそこなったのをいくらかとりもどそうとして屋根裏に姿を消しても、彼は気づかぬ様子をしている時など、私はたびたび恥じ入った。私の上長で先生だった彼は、だれに対しても同じようにていねいだったし、だれに対しても同じような親切な辛抱強さでつくしたので、私が彼を愛していたように、彼もまた私をすいていたかどうか、ついに私には言うことはできないだろう。しかし私にはやはり折々、自分たちは友だちになったのだ、と思われることがあった。特に、たびたびではないが、ふたりの間でうちとけた語り合いや告白が行われた時には。

おしゃべりにふけってしまっただろうか。愛する同僚兼先生の思い出にあまり長く停滞しすぎただろうか。そうは思わない。彼はもっとずっと長い回想に値したと、私は信じる。彼の写真が得られたら、大いに奮発するだろう。写真をとらせるのは、当時はおごそかなことであって、たぶん彼はそんな決心をしたことがついぞなかっただろう。しかし私は彼のなつかしい貴重な記念を持っている。私の結婚式に彼のしてくれた贈物だ。もちろんそれは書物で、古い珍しい本、ピエトロ・アレティーノの手紙の初版、四つ折り判の本、ヴェネチアのフランチェスコ・マルコリニで一五三八年に印刷されたものだった。

私は、あの若々しい理想主義者の感動的でいくらかおどけてもいる新年の手紙から出発した。ここで、その手紙の再読の際、あることばでまったく突然思い出した場面が、どんなものであったかを語らなければならない。それは「善の勝利」ということばだった。感動的で愚かしいことばだが、私自身かつてバーゼルの青年時代に自分のものにして、情熱をもって口にしたのだった。しかも、仲間で同年輩のものに対してではなく、選《よ》りに選って、地味な賢者で聖人であるユーリウス・バウルとの対話の中で言ったのだ。私たちはふだん世界観的な対話をする習慣を持たなかったが、ある時そういう話になった。対話といってもむしろ独白で、私がしゃべり、相手は親切な辛抱強い聞き手だった。そのきっかけは忘れてしまったが、何らかの道すじで、話は世界史と歴史の解釈という主題になった。対話の始まりは、ヘーゲルやヤコプ・ブルクハルトにちなんでいたらしい。要するに、私はその問題についてしゃべりだした。せんじつめたところ、私はそのころまだ主としてヘルマン・ラウシャー気分の中に生きていて、チェンバーリンの『十九世紀の基盤』などのほかには、いくらもそういう歴史の解釈を読んでいなかったのに、若僧の私は、善と高貴なものに奉仕する雄弁にかりたてられた。私の相手が親切に黙って、頭をさげて私のはなばなしい演説に耳を澄ましていればいるほど、私の演説は美しく盛んになった。それは信仰告白であった。燃えないまでも、人間のより高い使命と世界史の意味のために爆発した気分だった。燃えあがる賛歌のうちで私はその意味を明白に「卑俗なものに対する善の勝利」と呼んだ。まさしく善の勝利ということばが、私の若い読者の手紙の中で私を刺激し、電光のように、あの古本屋を、愛するユーリウス・バウルを、バーゼル時代全体を、とりわけ、今日手紙の筆者が私に対しているように、私の聞き手に対し私が相対《あい》したあの午前のひと時を呼び起したのだった。あの独身者のやせた姿と親切なしわのある顔が、またはっきりと見えた。ニッケルの目がねの奥のやさしく静かな目や、表情の中に現われたいんぎんで寛容な微笑が見えた。私の演説の陶酔した感激の反応さえ感じられた。私が同僚に、高いほこりだらけの書物の壁の間にいる年長の相棒隠者に、自分の心の底の貴いものをうちあけなければならないと思ったのは、それが最初だった。ことばがだんだん軽く密度を増して流れ出るうちに、自分のとなえていることにいよいよ確信をもってき、実際考えてもみなかったことを、演説の中でしゃべってしまった。自分の努力の切望する目標を達成するだろう、私の先生であり友人である彼は喜んで私に賛成し、善の勝利に対する私の信条を信じると告白するだろう、ということを、私は疑わなかった。

親切な人は、軽く頭《こうべ》をたれて私の歌に耳を傾けていた。やさしい微笑は彼の表情から去らなかった。じれったさや反対の身振りが私の話を中断することはなかった。いや、彼のしわだらけな顔の中の微笑と善意の表情は、なおいっそうつのり、いよいよ明るく好ましくなるように思われた。そこで私は世界史の意味解釈を、「全体はこのように明らかです。――あなたも私の信条を確信しますね？」という問いで結んだ。すると、彼は、この上もなく親切に微笑し続けている顔をゆっくり私の方にあげた。そして無言で頭を振った。というより、ごくゆっくりと静かに三度四度左右に動かした。私はこの無言の否定を最初の瞬間はほとんど信じられない気持で受け取った。それほど私は、真実を述べ、たとえ彼が本来ずっと前からもう私と同意見でなかったとしても、彼を納得させたと思い、信じこんでいた。やっと徐々に、やさしく頭を横に振ったのは、実際婉曲《えんきょく》な決定的な否定を意味すること、あの否定の背後には、どんな議論も雄弁も必要としない信念、あるいは不信が存すること、さしずめは私にはよくわからなかったその信念、あるいは不信は、私の冗舌な歴史哲学全体より、堅く、ずっと多くの現実を含んでいることが、私にも明らかになった。今あの手紙の筆者が私の前に立ったとしたら、その感激的な楽天主義に対する私の答えは、バウル師がかつて私に与えた答えと同じであるだろう。私も反対せずに、ただ親切に頭を振るだろう。「善」とその意味や価値の全部を信じないなどというのではない！　善は破壊しがたいものだった。悪や卑俗と同様に実在し、作用していた。だが、それを「勝利」と呼ぶことができたろうか。いや、そういう勇ましいラッパの吹奏のようなことばは青年にまかしておかなければならない。記憶の中でこんなに長いあいだ捨てて顧みなかった古本商を思い出すと、いろいろな思いがわいてくる。私たちの精神的な営みの中では、たびたび妙なことが行われるものだ。たとえば、三十年前『シッダールタ』を書いた時、私は渡し守ヴァズデヴァの人物を描くのに、個人的に知っている人を考えたことは一度もなかった。ユーリウス・バウルを考えたことは断じてなかった。ところが、今日では、バウルという人物の中でいつかこの世で実際に賢い渡し守に会ったように思われる。ただ自分が未熟だったので、それに気づかなかったのだ、と思われる。私たちの体験するすべてが、実際、意味を持ちうるのだ。私にとっては、まじめな若い空想家の呼びかけが、私自身の青春時代の気高い、不可解にもほとんど忘れていた人物を想起させ、実り豊かな再会を可能にするという意味と任務を持った。ああ、死んだ友だちたちよ、君たちはなんと不滅なことだろう！　君たちはなんと喜ばしく、またなんと痛ましくいつでもよみがえることができることだろう！

ここで私は、去年八十三歳で死んだ友人ツェラーのことを思い出した。君たちの中には彼を知っていたものが少なくないだろう。彼は、ウルム市と、たくさんの貴重なメーリケの遺品を含む全財産との破壊を、そのうえなお二度の移住を、そして最後には妻の死を、勇敢に、愚痴も言わず忍びとおした。非の打ちどころのない男で、不屈の勇敢さと無尽蔵の善意とがひいでたユーモアと調和している卓越したシュワーベン人のひとりだった。彼の手紙がもうこなくなってから、私のあいさつと作品をもはや彼に送ることができなくなってから、私の生活には欠陥が感じられるようになった。あの力強い、恐れを知らぬ、不屈な、いつも朗らかな老人も、しまいの数年間はだんだん疲れ、耳が遠くなり、妻の死後はひどく弱り、衰え、だんだん悲しがるようになり、ついにはほとんどつんぼになった。彼の精神は、まどろみ始めたが、しまいのころの、難儀そうにこすりつけたような、往々判読できかねた手紙の中で、何らかの思いがけぬ言いまわしによって、またさんぜんときらめくことが少なくなかった。彼についで聞いた最後の生前のたよりは、私のいとこヴィルヘルムを通してとどいた。その内容を繰返すことによって希薄にせずに、いとこ自身のことばを君たちに伝えることに、彼は何ら反対しないだろう、と私は思う。彼はこう書いてよこした。「Uで私たちはやさしいツェラー夫人の死と葬式を体験しました。あなたの旧友は困っています。どうしたらよいか、わからずにいます。寝かしておくわけにいきません。ひとりではもう歩けません。それで、小さいへやに囚人のようにすわっています。もう読むことはできず、一言《ひとこと》も聞えもしません。しかし、しんはいつものとおり気高く好人物です。埋葬の日、ほかのものたちが墓地から帰ってくると——彼自身は出かけられませんでした——家族の間に王さまのようにすわっていました。たびたびもつれることばからも、地上の生活のくずれ跡の上に超然と自分の場所を持っている精神が語っていました。私がなんでもないことを尋ねると、彼は理解しませんでしたが、自分で推測して、疑いをなくしでもするように、胸と頭と左手をあげながら答えました。『わしはいつも思い切った解決に賛成だ』私はそのことばを遺言のように持って帰りました」

マルラのために

妹よ！きのうお前はコルンタールの古い墓地に葬《ほうむ》られた。かつて「神聖」だったコルンタールの精神と香気と静寂さと品位とを、神聖でなくなった今日までおそらく最も失うことの少ない墓地に。

私たちの父の墓の上では、私が昔小さい若木として見たきり、二度と見なかったもみの木が高いりっぱな木になっていた。それをこのあいだ切り倒して、抜かなければならなかった。墓にお前をもおさめることができるようにするために。——それは適切なことだった。父のもとにこそ、お前にふさわしい場所なのだから。孤独な晩年の父に、お前はかつて多くの犠牲をささげて仕え、助けたのだから。

その奉仕の長い歳月は、お前にかたみの跡をのこし、私たちヘッセ家の子らの間に一種独特の尊敬をお前に対しいだかせるようにした。お前が当時、さからわずにささげた犠牲の中には、おそらく、およそよくできた若い人にふさわしいようにお前にもふさわしかったにちがいない別な愛と結びつきとを断念した、ということもあっただろう。処女らしい、いくらか修道院めいた感じのした、お前の後半生の特徴も、父の感化を受けたものだった。母の死後コルンタールで暮した信心ぶかい老いた父からは、静寂さと明朗で真剣な品位が豊かに輝き出ていたとすると、また、父を当時知っていた多くの人々にとって、父の外見を遠くから知っていたにすぎない人々にとってさえも、父は聖書時代の家長的人物として終生忘れられなかったとすると、お前の犠牲、付き添い、世話、看護、お相手、協力などが、特に父が盲目になってからは、それにあずかっているのだ。監督牧師ヴルムは、かつて私に対し、父を「原始キリスト者」と呼び、また別な時に、父は彼が一生のうちに会った人の中で最も尊敬に値する二人物のひとりだった、と手紙に書いた。

今では父が死んでからかれこれ四十年になる。監督牧師ヴルムも、父をまだ知り尊敬していた大多数の人々も死んでしまった。父の墓にはこけがはえ、もみの木が高くのびた。そのもみの木も今は場所をあけなければならなかった。そして、妹よ、お前は父のもとに帰った。兄弟姉妹よ、お前たちは、私がなおしばしお前たちや両親や私たちの幼年時代のおとぎ話をしのぶようにと、私ひとりをあとに残して行った。私はそういう思い出に終生かわらず仕え、小さい記念碑をいくつも建ててきた。私の小説や詩の多くの中で、あのおとぎ話の何ほどかを、しっかりつかまえる試みがなされた。本来、読者のためにではなく、心底ではもっぱら私のため、お前たちのため、私の五人の兄弟姉妹のために。――なぜなら、お前たちだけがあの中の無数の秘密なしるしや暗示や当てつけを理解することができたのだから。いっしょに体験したことに気づき、出くわすごとに、お前たちは、私が今さら取りもどすよしもないことを呼び返そうとする時に感じたのと同じ、いくらか悲しいあたたかみを心の中に感じるのだった。

きょう心の中でお前の墓のそばに立って、あの小説や詩をまた思い出すと、私が感じるのは、あのいくらか悲しい喜びだけではなく、いくらか別なもの、悩ましいもの、自分と自分の物語に対する不満、いや、悔恨あるいは良心のやましさに近いものである。というのは、文章や詩の中ではいつも、女きょうだいひとりのことだけしか語られていないからだ。実際は女きょうだいをふたり、私は恵まれていたのに。――もう前から私はその点で時折いくらか困惑した。もっとも、ふたりの女きょうだいをひとりに圧縮したのは、多くの場合、単純化、節約、あるいは安易さにほかならなかったので、たくさんの人物の出てくる小説を書くことをいつも私に許さなかった、私の素質の無能力、欠陥にもとづいていた。それは、自分でいつも感じていることだが、何よりも戯曲的な天分、あるいは気質の完全な欠如と関連がある。しかしもちろん私は、この欠陥と幾年もむなしい戦いをして、自分の無能力に対する弁解やとりつくろいを、いや名誉回復を見いだした。

かつて極東の大詩人は、「二、三の梅の花」が開いたと書かれている弟子の詩を検討したのち、「一つの梅の花で十分だったろう」という判定を下した。それで、私の小説の中でふたりの女きょうだいをひとりにしたのは、許されたこと、許されうることであったばかりでなく、たぶんプラスであり、凝縮であった、と思われた。ただ問題のこういう快い見方はたいていの場合、私の自己検討に長くは耐ええなかった。それにはそれ相応の理由があった。なぜなら、私の小説のひとりの女きょうだいは、私たちを個人的に知っている読者にとっては、実際はいつもアデーレであって、マルラではなかったからである。それに、お前の名まえが私の書いたものに出て来たのは、たった一度、こじきの話の中だけだったと思う。それに引きかえ、アデーレの名と姿には私の読者はたびたび出会っている。

　私はお前に弁解したり、許しを請《こ》うたりしなければならない、と考えているわけではない。私たちの間ではそんな必要はなかっただろう。アデーレが、特に早いころは、私にいちだんと近しかったのは、まったくもっともな当然なことだった。早熟な若い者が自分より年上の友だちを求め、大切にするのは、もっともな当然なことだからだ。ことに幼年時代には、アデーレと私の間の二歳という年齢差は、まったくなんでもないもので、仲間になる妨げにはならなかった。しかもまた、二年の差はきわめて重大だった。少年は時と場合によって騎士らしく振舞うことを好むものであるが、折にふれてやさしく母親代りに世話されるのは、愛情を高める一方だからである。

私の物語ではひとりの女きょうだいであるにかかわらず、お前たちふたりは私にとって決して何か象徴のようなものではなかった。あるいは、アデーレだけが好きで、おもしろく、大切だったのではない。私はもう物ごころつくころからお前たちふたりを、あくまで鋭く個性化されたふたりの人物と見、体験していた。そして年とともに、この差異は私にとってはいよいよ精確さと魅力を加えた。私たちは六人きょうだいで、終生互いに非常に仲がよくて、一応良い状態にある家庭では不思議なことではないが、みんなに共通した点についてよりも、私たちの性格や気質の差異に、むしろいっそう大きな喜びと慰みと、愛を深めるきっかけを見いだしたのだった。だんだん大きくなり、年をとるにつれ、私たちのあるものは、教育によって共通していたいろいろな点を脱ぎすててしまったが、それだからと言って、私たちのきょうだい愛がそこなわれたわけではなかった。

私たちはたとえば六重奏に、六つの楽器の六声部の合奏に比較できた。ただ、ピアノも第一ヴァイオリンもなかったというだけだった。というより、それはもちろんあったが、その奏者が固定していなかったのだ。私たちのめいめいがその時々に中心人物になった。誕生日の時、試験に合格した時、婚約や結婚式の時、それ以上に、危険にさらされた時、苦しみに脅《おび》やかされた時、あるいは苦しみを受けた時、めいめいが中心人物になった。たぶん――私にはよくわからないが――私たち年下のものはみな時折、テーオやアデーレが持って生れた放射熱や明朗さや引きつける力を、あるいはカールの親しみのあるおちつきぶりをうらやんだことだろう。しかし、めいめいが発揮すべき自分自身の天分や能力を持っていた。なつかしい末の弟ハンスも、非情な先生にひどい目にあわされ、あまりに早く職業を選んで失敗したということがなかったら、もっと明るい道を進むことができただろう。なぜなら――これもよくわからないことで、たぶん、そうだろうというにすぎないが――私たちは、生活に屈しないために、力と柔軟性を振いおこしはしたが、私たちはみんな、自分自身への疑いや不安や困難に襲われやすく、絶望に陥りかねないほど敏感で繊細だったことは、ハンスとまったく同じようだったのだ。

空想の人で、はなやかなたちで、美しさに強くこがれていたアデーレに比べると、お前は地味で冷静だったが、批評眼もあり、冗談にはいつだって喜んで乗ってきた。アデーレの敏感さと驚くべき感激性をお前は持ってはいなかったが、その代り、判断にかけてはいちだんと慎重で適確であり、たやすくだまされたり、心を奪われたりすることがずっと少なかった。口頭でも文章を書いても、表現がいちだんと精確だった。その点でも父の仕込みとお手本が感じられた。人物や体験に対してお前の機知は適切な特徴づけを見いだすことが少なくなかった。空想や芸術の世界に対してお前はそっけなくはないが、控えめな態度をとった。美しい物をいとおしんだが、美しい物に甘やかされたり、誘惑されたり、足もとをさらわれたりすることを好まなかった。ただ美しく、ただ快いものには、疑念を持った。ほんとのものの値打ちをも持っていなければならなかった。

お前は詩についてどう考えるかを、私に対しいつか言ったか、書いたかしたと思う。それに関する私の記憶は精確ではないが、大体こうだった。お前は折にふれてほんとの詩を非常に珍重し愛するが、良い思想は散文の代りに詩で書かれることによって必ずなおいっそう良くなる、という意見ではない。またつまらないあいまいな中途はんぱな考えが、詩の衣を着せることによってよりよくまとまったものになるとは、なおさら信じられない。そういうのだった。お前の最後の誕生日に私は詩を書いて送った。それは、不毛な晩年のこの年ごろにいわば無理にひねり出した唯一《ゆいいつ》の詩だったが、幸い私は、その時あのお前の批評を思い出さなかった。私は何も美しい詩をお前のところに持ちこもうと思ったわけではなくて、ただお前のことをしのび、お前のためにささやかな骨折りをしたことを示したかったのだ。だが、あとで、どちらかと言えばぼやけたまとまっていない詩を発送してしまってから、あのことをまた思い出した。私は少し恥ずかしくなったが、それでも私の贈物が快く受け入れられたと知って、うれしかった。

一度私は、今日それを告白しないわけにいかないが、お前に対し少し腹を立て、少しお前に失望させられ、それでまったくお前に不当なことをした。それは、一九二〇年代に手記として書いたあの『ニュルンベルクの旅』途上のことだった。私の一生の中で危機にさらされ、たびたび虫の居所の悪くなった時期で、それに対しては『荒野のおおかみ』によるカタルシスもうまくいかなかった。その時お前はミュンヒェンにいた。ニュルンベルクからもどって来たあの時、私はうっとうしい重苦しい気分にとらえられていたので、ミュンヒェンでひとりの旧友が一晩大いに飲むため私を待っていてくれたばかりでなく、身うちのひとりであるお前が、つまり人生の美しい神聖な早朝時代のだれかが待っていてくれるというのは、心なぐさむことだった。そのころ私の生活が通過しなければならなかった狭い海峡の息苦しい激流の中をかりたてられて、私はやって来たのだった。それで、幼年時代から親密だった数人の近親のひとりと再会し語り合うことから、何か美しいこと、ありえぬことを、よそのどこでも達しえられない程度に理解されるばかりでなく、安全に守られ、救われることを、すなわち、現実にはだれも私に与えることも、私にとってありえることもできぬような何ものかを、私は期待したのだった。そしてお前がミュンヒェンで私の知らない世界と家庭に住みついて、一応満足しており、私たちの再会を喜んでいないことはないが、私と相対《あい》して親身な人の役割を引き受ける気分にもその気にもなっていないのを知ると、私は失望し、興ざめして、からの中に閉じこもってしまった。その時はほんとに心からうちとけ合うには全然いたらなかった。あの時ミュンヒェンで私がほんのひと時のあいだお前のもとで求めたもの、それを私に与えることは、だれにも、アデーレにも、父母にもできなかっただろう。しかし私は動きのとれぬ状態にとらわれていた。のちになって、だいぶたって初めて、お前が平静さと距離を保ち、私の混迷の荒野についてくるのを拒んだことを理解することができ、それをありがたいと思うことができた。

お前をモンタニョーラに客として迎えるのは、楽しいことだった。ある時は、ニノンの旅行中で数週間に及んだ。あの時、私たちはたいそう静かに、しかもたいてい朗らかにいっしょに暮した。晩お前が私のために朗読してくれ、英語の原文を抜粋して訳してくれ、私の願いに応じて読んでくれたものについて、はっきりと簡潔に報告してくれた時、お前が父のやもめ暮しの年月のあいだ助手として道連れとしていっしょに送った生活を思い浮べることができた。ああ、お前が私たちのもとにそのようにお客として滞在していた最後に、私たちの余生に向ってふたりを完全に近く深く結びつけたもの、すなわちアデーレの死の知らせが着いた。アデーレの死後、私たちふたりは兄弟姉妹の中の最後の者として残った。その時から私たちはまた互いにすっかり結びついた。お前のたいそう長かったひどい病気のあいだも、変らなかった。私たちはたった一度しか再会することができなかったけれど。

私たちの結びつきの最後のころは、かつてはいつも少し邪魔になり、間を隔てたものも、消え去り、目ざわりにならなくなった。それは、私の著作活動、というよりむしろ私の社会的地位、私の名声にまつわる仰々しさ、ほんとの崇拝者や怪しげな崇拝者の殺到などのことだ。そういう崇拝者の殺到にはお前もたびたびさんざん悩まされたものだ。アデーレはそれを気軽に受け取った。有名な弟を持つことは、アデーレにはいくらか慰みでもあり、気をよくすることでもあった。それは彼女にとっては飾りやお祭気分であった。お前はしかしお前一流の高潔な淡白さで、こんなに有名であることや、世間的であることや、もてはやされることや、崇拝者の多いことをきわめて批判的に観察していた。私自身がこういうことについてどう考えているか、お前は知っていたが、私と私の生活とがやはりあの欲ばりなからくりに食われ押しつめられる度合いがますます高まって行くのを見ていた。私自身の個人的な生活を吸い取り、貧しくする、押しつけられた義務に、私が没頭しているのを、お前は見ていた。そしてほかならぬ、この最も水入らずのまったく個人的な生活こそ、お前が愛着を寄せ、私に可能であった以上に私と共にしたいとお前の願っていたものだった。有名であろうとなかろうと、私はお前の兄で、お前は私に妹らしく愛情を寄せていた。名声がお前や近親の狭い生来のサークルから私を遠ざけるたびごとに、お前がそれをお前にとっても私にとっても一つの損失だと感じたのは、もっともだった。そしてこの不快な損失をもお前は処理することを心得ていた。私がそれからのがれられないこと、私は本を書かなければならないばかりでなく、この著作の楽しい結果にもわずらわしい結果にも極力耐えて行くほかはないことを、お前は理解した。

一つのたいそう重要なことについて、私はお前とも、ほかの兄弟姉妹ともついぞ突っこんで話したことがなかった。それは、私たちのおいたった信仰のことだ。私たち六人はあの信仰をみんな持ち続けたわけではなかった。アデーレとお前とハンス、お前たちはめいめいそれぞれの仕方で両親の信仰に終始忠実だった。そしてお前の信仰は父の信仰に最もよく似ており、その現われ方に最も接近していた、と信ずべき根拠を、私は持っている。お前の信仰は実際、お前たちの信仰問答書や、十七世紀の美しい賛美歌や、シュペーナーやベンゲルやチンツェンドルフなどからのささやかな増補の中にかなりまとまって表現されていた。

私が両親とはついに真剣に突っこんで話すことのできなかっただろうこと、すなわちあの信仰に対する私の批判と疑いの歴史については、キリスト教の源泉からと同様にギリシャやユダヤやインドやシナの源泉から養われた、宗派外の信心に私がしだいにはいって行ったことについては、お前と語り合う話題にすることが十分できただろうに。だが、それは行われなかった。やはり遠慮や禁制のようなものが存在していた。相手の信念に対し尊敬の念をいだいていたこと、およそ人を改宗させようと欲することを私たちがみんな共通してきらっていたことが、そういう話を不可能にしたのだ。もっと深く働いていたのは、私たちに絶対に共通だったものを、たたいたり揺すぶったりしてはならない、という感情だった。それで私たち兄弟姉妹は教義の深い隔りを越えて、美しい寛容な平和をつくり、それに生きたのだった。お前のキリスト者としての信仰を私の世界信仰にむき出しに対比させたら、それは水と火、肯定と否定のように別れたにちがいない。しかし、ついに形に現わされない信仰として、内面的なコンパスとして、お前の生活をも私の生活をも導いたものは、やはり何か私たちに共通なものだった。それは神聖で侵しがたいものだと、私たちが感じていたのは、たぶん良いことだったろう。

お前は最後の苦しみの夢の中でもまだ再会できると確信していたが、マルラよ、私はそうは思わないで、お前から別れてしまった。だが、私はお前を失ってしまいはしない。私の最愛の故人がみんなそうであるように、お前は私のもとにいるのだ。アデーレや母が時折私の目の前に現われて、私が日常のために神々《こうごう》しいものや荘厳《そうごん》なものを忘れないようにと警告するように、お前はとりわけ、私がせわしさや戯《たわむ》れや空想にふけって、いい加減なことを犯し、真実にそむくようなことをする危険に陥る場合、私を助けてくれるだろう。その時、お前はお前一流の純潔と秩序と、決して節をまげない、兄弟愛によっても節をまげられない誠実さの支配している領域から、私に向ってまなざしを投げてくれるだろう。私はそう信じ、希望している。

無為をなし、無事を事とし、無味を味わえ。

小の中に大を見、少の中に多を見る。怨《うら》みを報ずるに徳をもってせよ。易《やす》きことの中に難事を忘れず、小事の中に大事をなせ。天下の難事を達成せんと欲する者は、易き事をもって始めよ。地上の大事を成就《じょうじゅ》せんと欲する者は、小事より始めよ。これによって聖人は、ついに大をなさんと思わぬゆえに、よくその大をなす。
軽く約束する者は、必ず信じられること少なく、軽く多くを引き受ける者は、必ず困難が多い。聖人はすべてを真剣にとるゆえに、ついに難事に会うことがない。

老子、紀元前四百年ごろ。
アンドレ・エカルト教授独訳。

訳者注　ヘッセは老子道徳経下、恩始第六十三章をアンドレ・エカルト教授の独訳で引用している。邦訳者はそれに武内義雄氏の訳注を参照して邦訳した。参考のため原文をかかげておく。

爲无爲、事无事、味无味、
大小多少、報怨以德、
圖難於其易、爲大於其細、天下難事、必作於易、
天下大事必作於細、是以聖人終不爲大、故能成其大、
夫輕諾必寡信、多易必多難、是以聖人猶難之、故終无難矣、

日本の私の読者に

（この一文は、新潮社版のヘッセ全集のためにヘッセから親しく寄せられたものである。一九五七年に迎えるヘッセの八十歳の記念に、訳者が日本版全集を計画していることを伝えると、ヘッセは序文を書いてあげるから、時期が熟したら催促してほしいという手紙をくださったが、それからまもなく、「自分の年齢では明日まだ生きているかどうか、まったくわからない。それゆえお望みの序文を今のうちに書いておきました」という手紙とともに、「日本の私の読者に」が同封されて来た。一九五六年五月の執筆である。ヘッセの深い心やりに対して訳者の感謝ははてしを知らない）

日本の私の読者に

私たちヨーロッパ人は、私たちの科学や芸術や文学が日本で広い心の熱心さで受け容《い》れられているのに、繰返し驚かされます。極東の国が、進んで私たちをよく知り、私たちの思想や戯《たわむ》れを研究し、私たちから学び、私たちと精神的な交流を行おうとしているのを、私たちは承知しています。残念ながら、西洋の知識階級が同様に進んで熱心に東方の精神に親しみ、精通しようとしているとは申せません。たしかに、ヨーロッパ人のヴェーダンタ（吠檀多）信奉者や、ヨーロッパ人の仏教徒がおり、シナや日本の美術の愛好家、収集家もおります。しかし、東方の世界に対するこの愛は、小さい範囲に限られており、多くの場合不毛です。西方の現実的な困難から美しい夢の世界へのがれる一種の逃避なのです。ヨーロッパ文化の産物に対する日本の傾倒は、こういう逃避の性格を持つものでないことを、私は信じ、また希望します。

東方の教えや世界観を昔から感謝の念をもって尊敬している私の場合も、アジアの精神に若いころ初めて親しんだのは、逃避の場と慰めとを求めるものでした。それはインドから、バガヴァド・ギータ（神の歌）やウパニシャド（奥義書）や仏陀の説教を読むことから始まりました。幾年かたって初めて、私は偉大なシナの達人をも知りました。日本とも、いとこのヴィルヘルム・グンデルトや、宣教師や教師や翻訳者として日本で働いた数人の他のドイツ人を通して、いわば個人的な関係を持つようになりました。特に、仏教の極東的な形である禅を、私はこの経路で少しばかり知るようになり、いよいよ新たな喜びと賛嘆とをもって、日本の画家や木版画家の芸術を、日本の叙情詩の驚嘆すべき直観性と清浄さを愛してきました。こうして私にとっては、私たちの西洋の伝統とならんで、インドとシナと日本が師となり、生命の泉となりました。はるかかなたのあなたがたの島国で、しだいにこだまが私に向ってひびき、私の愛がそちらで反響を見いだしたのを知るのは、私にとって一つの喜びでありました。

東方と西方との間の真剣な実り多き理解は、政治的社会的領域において、私たちの時代の大きなまだ達成されない要求であるばかりでなく、それは、精神と生命の文化の領域でも、一つの要求、緊要な問題であります。今日では、日本人をキリスト教に、ヨーロッパ人を仏教や道教に改宗させるというようなことは、もはや問題でありません。私たちは改宗させたり、改宗させられたりすべきではありません。そういうことを欲しもしません。そうではなくて、心を開き、ひろげるべきです。そうしたいと思います。東方と西方の知恵を、敵意をもって抗争する力としてではなく、実り多き生命が揺れ合う両極として、私たちは認識するのです。

ヘルマン・ヘッセ

解説

高橋健二

この一巻には、ヘルマン・ヘッセ（Hermann Hesse 1877—1962）の晩年の随想や回想が収められている。「幸福論」を含め、初めの五編は『晩年の散文』（Späte Prosa 1951）から、次の八編は、『過去を呼び返す——晩年の散文、続編』（Beschwörungen, Späte Prosa, Neue Folge 1955）から採られた。「日本の私の読者に」は、その前がきにあるように、別に書かれたものである。

竹を植え、禅に親しんで閑居に生きた老詩人の、豊かな知恵と多彩な思い出の交錯の中に、深い滋味があふれている。

回想の書にふさわしく、『晩年の散文』は、モンタニョーラの現在の家を建ててヘッセの終生の使用にゆだねた親友ボードマー夫妻に、その続編は、ヘッセの後半生のよき道連れとなったニノン夫人の六十歳の誕生日にささげられている。ヘッセは長編『ガラス玉演戯』（一九四三年）に全心魂を投入したので、またその後は健康もすぐれなかったので、もはや大きな創作を書かなかった。無理に書こうとはしなかった、と自分でも言っていた。したがって晩年のヘッセの仕事は、こういう随想と詩と手紙にかぎられていた。しかし、八十歳を越えても、筆まめに絶えず書いていた。そういうものの結実の一部が本書である。

ただ、上記の二冊は、そういう性質上、似かよったところが少なくないので、人生の意味をふかく具体性ゆたかにとらえているものを選んで訳出したいと思った。ヘッセも訳者のその気持を了とされ、訳者の希望するものを訳すことを許可して下さった。一九五七年に「幸福論」を新潮社版『ヘッセ全集』の第一回配本として出した時、ヘッセはまだ生きていた。訳者はこの訳をした前後に、一九五三年と一九五九年に、ヘッセに会うことができた。

以下、原名と、執筆年と、簡単な解説を添えておく。順序は原著のとおりである。

「盗まれたトランク」(Der gestohlene Koffer 1944) ヘッセは一九二三年から一九五二年までたいてい毎秋、チューリヒに近いバーデン温泉へ神経痛の療養に行くことにしていた。それにちなんで戦争中の世相や心境をユーモラスに描いている。

「中断された授業時間」(Unterbrochene Schulstunde 1948) 生れた町カルプのラテン語学校時代の物語で、『車輪の下』の前の時期を描いている。初めて切実に直接体験した人生の暗い悲しい面が、ユーモラスにまた厳粛にしのばれている。「幸福論」(Das Glück 1949) 時間を越えるところに真の幸福が味わわれるという考えは、『シッダールタ』その他に繰返し述べられている。ヘッセの知恵の核心を具体的に素描したものとして、きわめて意義ふかい内容を持っている。「湯治手記」(Aufzeichnungen bei einer Kur in Baden 1949) 湯治生活の中に、自嘲《じちよう》とユーモアをまじえながら、人生や芸術について注目すべき発言をしている。「クリスマスと二つの子どもの話」(Weihnacht mit zwei Kindergeschichten 1950) へッセの三人のむす子は、デザイナー、写真家になっている。そしてヘッセはその孫たちと遊ぶのを楽しみにしていた。これは、その孫のひとりの書いた物語と、ヘッセが十歳のころ書いた物語とを対比している。

以上が『晩年の散文』からで、以下はその続編からである。

「小がらす」(Dohle 1951) バーデン湯治の落ち穂で、小がらすの身の上を空想することによって、人生や運命について暗示的に語っている。ヘッセはかつて同じところで、人生の寂しいはぐれ者だった弟ハンスが自殺した報を聞いたのである。ヘッセは、バーデン湯治に行きだしてから、おりにふれて自分を、はぐれ者、局外者(Outsider)と呼んでいた。そういうはぐれ者こそ、神に近く真実に生きるものとして、その意味が深く考えなおされようとしている。小がらすははぐれ者を象徴していると考えられる。(『ヘルマン・ヘッセ——危機の詩人』(新潮選書)の「局外者の意義」の項参照)

「マウルブロン神学校生」(Ein Maulbronner Seminarist 1954)『車輪の下』の作者は自分を生かし抜いて、詩人となり、名を成したが、自分を生かし抜く道のきびしさにつまずいた人を、ヘッセはいくどかいたまずにはいられなかった。これもその一つである。

「祖父のこと」(Grossväterliches 1952)ヘッセの母方の祖父グンデルトは偉大なインド語学者であり、精力的な新教伝道者であった。ヘッセはこの祖父に負うところが多かった。そういう祖父にちなみ、サルトルを例にして、文学と血統について暗示に富む考察が記されている。(『ヘルマン・ヘッセ——危機の詩人』の「祖父」の項参照)

「秋の体験」(Herbstliche Erlebnisse 1952)ヘッセの七十五歳の誕生日がドイツやスイスで盛んに行われた年の感想。

「エンガディーンの体験」(Engadiner Erlebnisse 1953)ヘッセは第二次大戦後たびたび夏を、ニーチェがツァラツストラなどを書いたジルス・マリアですごした。一九五九年、訳者もヘッセと同じホテルで四日間すごし、話を聞くことができた。トーマス・マンや、チェロのフルニエも彼と同じホテルに滞在していたことがある。フルニエはここに書いてあるように、ヘッセのため個人的に演奏してから、間もなく日本に来た。——この力のこもった回想は、ヘッセの生活と作品を知る上に重要なヒントを与える。

「過去とのめぐり会い」（Begegnungen mit Vergangenem 1953）文学を思う若い人々へのことばでもある。

「過去を呼び返す」（Beschwörungen 1954）この一編の題が、『晩年の散文、続編』の題になっている。ヘッセの書店員時代の回顧は特におもしろい。

「マルラのために」（Für Marulla 1953）ヘッセの妹マルラの思い出である。晩年盲目となった父に一生をささげた妹に、生き残ったただひとりのきょうだいとして、ヘッセは深い感謝と切実な哀惜を寄せている。ヘッセの宗教観についても重要なことばが述べられている。上掲の「クリスマスと二つの子どもの話」もマルラにちなんでいる。（『ヘルマン・ヘッセ——危機の詩人』の「父と姉妹と弟」の項参照）

「日本の私の読者に」（An meine Leser in Japan 1955）付言しておいたように、日本訳ヘッセ全集に、ヘッセが特に書いて下さったものである。

本書の諸編は、ヘッセの伝記や作品と深い関係があるので、『ヘルマン・ヘッセ

――危機の詩人』を参照されれば、いっそうよく理解されるであろう。

十九年前これを訳した時、今はすぐれた日本学者となっているまだ若かったヴォルフラム・ミュラー氏の助けを借りた。その熱心な助言を思い出し、重ねて感謝の意を表するしだいである。今回改版に際し、かなり手を加えた。

（昭和五十一年十一月）

新潮文庫最新刊

今村翔吾著

八本目の槍

吉川英治文学新人賞受賞

直木賞作家が描く新・石田三成！ 賤ケ岳七本槍だけが知っていた真の姿とは。歴史時代小説の正統を継ぐ作家による渾身の傑作。

深町秋生著

ブラッディ・ファミリー

—警視庁人事一課監察係 黒滝誠治—

女性刑事を死に追いつめた不良警官。彼の父は警察トップの座を約束されたエリートだった。最強の監察が血塗られた父子の絆を暴く。

保坂和志著

ハレルヤ

川端康成文学賞受賞

特別な猫、花ちゃんとの出会いと別れを描く「生きる歓び」「ハレルヤ」。青春時代を振り返る「こことよそ」など傑作短編四編を収録。

杉井光著

この恋が壊れるまで夏が終わらない

初恋の純香先輩を守るため、僕は終わらない夏休みの最終日を何度も何度も繰り返す。甘く切ない、タイムリープ青春ストーリー。

江戸川乱歩著

地底の魔術王

—私立探偵 明智小五郎—

名探偵明智小五郎VS.黒魔術の奇術師。黒い森の中の洋館、宙を浮き、忽然と消える妖しき〝魔法博士〟の正体は――。手に汗握る名作。

沢木耕太郎著

作家との遭遇

書物の森で、酒場の喧騒で――。沢木耕太郎が出会った「生まれながらの作家」たち19人の素顔と作品に迫った、緊張感あふれる作家論。

Title : SPAETE PROSA
Author : Hermann Hesse

幸《こう》福《ふく》論《ろん》

新潮文庫　へ - 1 - 18

昭和五十二年一月二十五日　発行
平成十六年七月十日　三十二刷改版
令和四年五月二十日　四十一刷

訳者　高《たか》橋《はし》健《けん》二《じ》

発行者　佐藤隆信

発行所　株式会社　新潮社
郵便番号　一六二―八七一一
東京都新宿区矢来町七一
電話　編集部(〇三)三二六六―五四四〇
　　　読者係(〇三)三二六六―五一一一
http://www.shinchosha.co.jp

価格はカバーに表示してあります。

乱丁・落丁本は、ご面倒ですが小社読者係宛ご送付ください。送料小社負担にてお取替えいたします。

印刷・錦明印刷株式会社　製本・錦明印刷株式会社

ISBN978-4-10-200118-9 C0198